U0133391

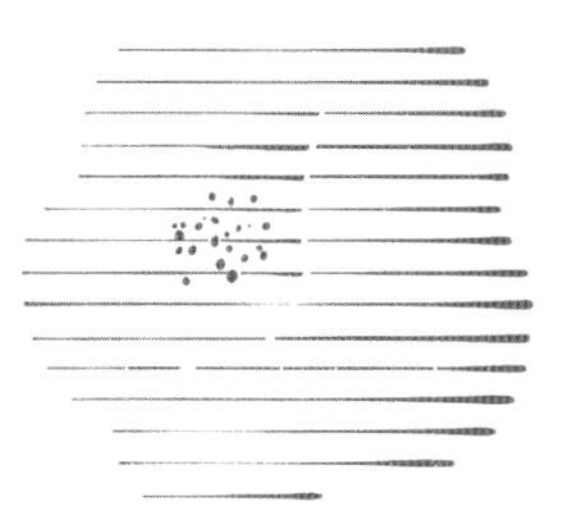

念念 平安

苏枕书 著

CNS 湖南文艺出版社

图书在版编目（CIP）数据

念念平安 / 苏枕书著 . -- 长沙 : 湖南文艺出版社，2024.1
ISBN 978-7-5726-1430-9

Ⅰ . ①念… Ⅱ . ①苏… Ⅲ . ①书信 – 作品集 – 中国 – 当代 Ⅳ . ① I267.5

中国国家版本馆 CIP 数据核字 (2023) 第 184271 号

念念平安
NIANNIAN PING'AN

著　　者：苏枕书
出 版 人：陈新文
监　　制：谭菁菁
责任编辑：吕苗莉　李　颖
责任校对：徐　晶
策　　划：李　颖
特约策划：杜　娟
特约编辑：李　颖　黎添禹
营销编辑：汤　屹
封面设计：崔晓晋
内文设计：刘佳灿

出版发行：湖南文艺出版社
（长沙市雨花区东二环一段 508 号 邮编：410014）
印　　刷：湖南省众鑫印务有限公司
经　　销：湖南省新华书店
开　　本：787mm×1092mm　1/32
印　　张：10.5
字　　数：170 千字
版　　次：2024 年 1 月第 1 版
印　　次：2024 年 1 月第 1 次印刷
书　　号：ISBN 978-7-5726-1430-9
定　　价：75.00 元

序

千里面目，家山味道

史睿

书信作为一种文学体裁，大约始于西汉，兴于魏晋。南朝士人云“尺牍书疏，千里面目”，可谓的论。短短的书信，作字得法、轻重合宜是基调，士人风骨、学识和情感才是特色。千载之后，六朝尺牍多以书迹摹本或刻帖保留下来，其中杰作仍能引发同理和共振。而今仍以书信体裁记录生活、表达心境的文学创作越来越少了，展开枕书这一卷《念念平安》，尤为可爱，态度仿佛与六朝的蕴藉重逢，理致又为现代文明的洗礼。枕书嘱我作序，实愧文彩。

《念念平安》上接《京都如晤》《书问京都》，是枕书致友人嘉庐君的书信集，所记年度自辛卯至癸卯，首尾越十二年，选择当中六年的尺牍编为是集。隐藏于书后的嘉庐君也是我的好友，他将枕书的书信陆续刊发于《江海晚报》，形成有意思的文化景观。

本书虽不是往来书信集，但枕书回书中依然能体味到嘉庐君的深心。他善于提问，能引起枕书持续探寻的兴趣，有关琴事诸篇多是应嘉庐君之问而写成的；也常常为枕书提供学术资料和家乡消息。

此集以不疾不徐的笔调展现日常滋味，涉笔虽及一纪，然开篇是岁暮年景，结尾又入新春，读之又觉整体似是一个寒来暑往的周期。我虽多次造访京都，也曾经历京都的四季，但未长住，感受远不及枕书真切。每年之中各个物候的轮替给人带来期盼，到来之时给人以小确幸的感受，加之枕书的博物学实践，更带来盎然生机和不期而然的趣味。

枕书寓所客厅门上有联云“隐修不离鹿之谷，耕读常在北白川”（见《弦歌四十》），鹿之谷、北白川是京都大学附近山形水势的要点。枕书曾著有《有鹿来》，分“空间”“五感”和“岁时”三部分记录京都旅居生活。本集中，所记空间有很大扩展，京都之外，还有东京、神户、大阪、奈良等地，近年来枕书常去韩国开会、访书，故乡南通也不免梦回萦绕，书信当中常常提及的江南风物和饮食，让人倍生思乡之感。

我初识枕书于京都知恩寺古书祭，她是爱书之人，写过一部《京都古书店风景》，已经成为古书爱好者的指南。跟随枕书逛书市最为惬意，本集《神户书市》里有写给大家的寻书秘诀，《医事琴书》《学者旧藏》中看到热门的神田喜一郎旧藏书重现市场，也有中野康章冷僻藏书的曲折身世。面对可望不可即的秘藏，不得不赞叹中国公立图书馆近年来公布馆藏的进步。枕书为搜集、考释清代学者钱仪吉、钱泰吉兄弟家书，前往神户市立中央图书馆调查，于是作《神户观书》为记，都是本集精彩之笔。

书信也需要表达的多样化，如宋人米芾的《珊瑚帖》里恣肆的珊瑚枝，不啻飞白妙笔，《研山铭》后精巧的《研山图》，墨生五色。不知是不是受到米芾的启发，《念念平安》各札之间配以摄影和图绘，饶具兴味。这些图影既是本文的图注，也是意蕴的延伸，有时也起着勾连前后书信的作用，编织成文本和图像的交响曲，其中巧思妙不可言。

最早的东亚文化交流正是以书信加编年史的形态记录下来的，枕书此集叙述的日常所读、所观、所感、所思，将来定是这个时代东亚文化交往和文明对照的佳作。

目录

壬寅年 二〇二二 105

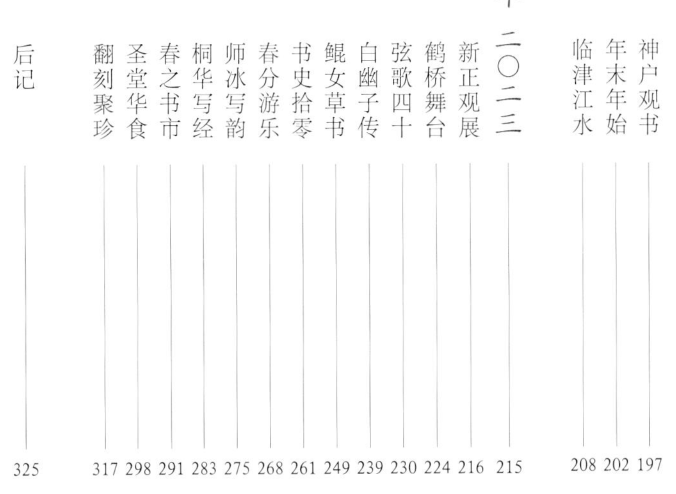

日本人恭谨起来能到极致，疯狂时也极彻底。
所以每到年末，夜里走在路上，总能遇到喝多的人们，
又叫又闹，扭成一团，狂欢至天明。

辛卯年 二〇一一

岁暮琐事

嘉庐君：

见信好。

昨天夜里参加研究室的忘年会，和老师一起出去喝酒。师姐由美子好爽快，从啤酒喝到清酒，又要红薯烧酒。装烧酒的小瓶子很可爱，描着古人对弈图。她将自己的杯子递到我跟前，怂恿我尝一尝。在外面总要时刻保持头脑清醒，因而一般就喝点兑水的梅酒。我犹豫了一下，还是接过杯子抿了两口，比想象的要柔和，脱口道："真美味。"由美子师姐很高兴，遂为我独叫一合。"合"是日本酒常用的计量单位，一合为 180 毫升，铫子里烫一回，装在"德利"里，配一只小酒盅。德利即日式酒壶，肚大口小。与之相配的酒盅叫"猪口"，底部常有一圈一圈涟漪般的蓝色纹样，用以鉴别酒液的纯度。就这样一杯一杯，慢慢地喝干净。

散席后在寂静的窄巷里，看到天上明亮的星星。风十分冷。京都三面环山，据说远古时期是片大湖。夏天虽没有到重庆那般酷热的地步，但冬天的湿冷却比重庆更甚。日本史学家林屋辰三郎曾说，京都人享用了春与秋的美丽，就需勘破夏与冬的无情。我总拿这句话安慰自己接受古都难捱的两季。

这几天降温，岛国多处降雪。京都也冷极了，有几个早上飘了一点碎雪。听前辈们说，每逢京都的雪天，本地电视台肯定会派出直升机，专拍古都雪景，其中必然会有覆雪的金阁寺。本地人总要看了这幅雪景，才觉得松口气，仿佛冬天没有被辜负似的。那里常年游客多，雪后更是聚满了摄影爱好者，我怕拥挤，暂时还没去过。蜡梅花和水仙已开了，鲜艳的还有山茱萸果、火棘、南天竹的红果，鸟雀争相啄食，吃得圆滚滚。河川边有许多乌桕树，白色的果子像梅花。想起几年前与你散步南通郊外，你曾指着大片乌桕树道："当年张謇大力推广种植此树，因可从乌桕脂制取类可可脂，制造某种类似于巧克力的东西，就是没有巧克力那么好吃，只是骗骗嘴巴而已。"

日本人新年必须互赠明信片，叫"年贺状"。去年元旦在滋贺友人家参与了她家印送贺年卡的活动。先是列出赠送名单，约有百余位。其后设计明信片，印上一家三口和爱犬朱蒂的照片，而后逐一打印。写赠言也是浩大的工程。对一般的朋友或客户，直接打印几句祝福就好，对亲密的对象一般会手写。这一切做完已是大年夜的凌晨，外面下着大雪。寺庙除厄的钟声远远传来，友人携我出门寄明信片。提了一盏小油灯，踩着山中一尺厚的积雪，去找一只邮筒。红色的邮筒被白雪遮蔽了大半边。将明信片塞入邮筒前，友人双手合十道：“新年快乐！”

但我太懒，并不太愿意写贺年卡，而且现在还没有那么多能寄送的对象。事实上，日本家庭也觉得写寄贺年片是一桩不小的负累，如果只赠亲友还好，但还需考虑一些关系疏淡却不得不送的对象，比如师长、上司，字斟句酌写一纸谦恭的言辞，对方可能不认为有什么要紧的，但如果不送又失礼。这样烦恼的人情，实在损伤了贺年卡本身的意味。有师妹也踌躇过年是否要给老师送卡片。问她是否真心想送。答说只是看师姐们都送，自己不得不送。我道，若有“不得不送”的想法，不如不送。就当我们外国人无知，不懂本地风俗就好，何苦将祝福当成负担？好比往年在家，每到除夕，父母常为如何回复大量的贺年短信而烦恼。我说帮他们解决，事实上只是编辑几句言简意赅的祝福，单发给若干位至亲友朋，其余一概无视罢了。

说些愉快的吧，上周我去朋友家，买了鹤屋吉信的一盒柚饼。鹤屋吉信是京果子的名店，迄今有两百余年历史。这家的柚饼最为有名，本地有名的书画家富冈铁斋吃得高兴，挥笔写了“柚饼”二字的匾额，如今还高高地悬在店里。日本叫柚子的果实不是我们吃的那种文旦，而是闻香的罗汉橙，许多人家种植，野地里也有，冬天结满明亮的小灯笼，料亭喜欢拿它们做容器或调味。冬至日要泡柚子澡，有俳句云：“柚香弥漫，冬至早晨泡澡呀。”柚饼确有柑橘香气，有点像小时候常吃的橘红糕，糯米粉和薄荷做的，融化在舌尖得一丝清凉。我祖母很喜欢吃橘红糕，小时候家里有个糖罐子，里头总有点儿橘红糕、寸金糖、麻圆、炒花生米、京枣，带着淡淡的铁锈气。我没有那么爱吃，只是记得并眷恋这一切。岁暮琐事纷繁，今日暂到此搁笔，年后同你再谈。

松如

腊月初四

寒冬，鸟雀热爱的火棘果子

街中到处都是节日的装饰

古都圣诞

嘉庐君：

最近写了半个月的论文，不知道外面的天气，走出去一瞧，冰冷的风刮在脸上，月光像当头泼来的冷水，真漂亮，也清冷极了。山茶花开得特别好，墙垣外面连绵不绝的树木，底下青苔上落花堆积得有一寸厚。红叶与银杏已凋得干干净净。上礼拜去南禅寺，看到两个蓝袍僧人拿着机器吹落叶，堆成小山。我们瞧见，讨论说是不是要布个什么小景，却见他们一股脑儿将落叶装到垃圾袋里去了。落叶落花，多留一会儿也无妨，看的人难免这样遗憾。

街上过节的气氛更浓了。一年中年末最热闹，过完圣诞节就是新年，到处都是欢聚的人群。许多人家门口摆着圣诞树，挂着花环，圣诞红盆栽也少不了，甚至寺庙里也有。日本人真喜欢过节，比如一个情人节不够，还要再来个白色情人节。

圣诞节在日本也是地道的洋节，最早可追溯到16世纪，传教士带来了《圣经》、面包、甜甜圈、葡萄酒，也带来了圣诞节。不过后来幕府发起大规模的禁教运动，镇压了许多信徒，圣诞节自然销声匿迹。然而当时在长崎的出岛，荷兰商人们依然会秘密庆祝圣诞。明治时代风气大开，圣诞节又渐渐流行起来。银座的商人们也看准商机，在圣诞节前后向人们赠送牙粉。到浪漫的大正时代，每逢十二月，儿童杂志少女杂志都会出现圣诞节相关的插画。之前翻看竹久梦二的童话集《春》，就看到一篇《圣诞节的礼物》。

明治开国后，日本全盘采用新历，同时保留部分传统节日。于是除夕就成了新历的十二月三十一日，正月是新历的一月。传统的三月三女儿节也改为新历三月三。农历七月半的盂兰盆节改成新历八月半——只有少数地方是新历七月半。至于端午、夏至、立冬这类需遵循旧历的节日渐渐为人遗忘，同年轻人提起，多是一脸茫然。

对于普通市民而言，圣诞节不过是新年的预热，可以享用商场、游乐园的各种活动。这也是很好的表白时机，情侣们可以趁此佳节增进感情。压抑很久的人们可以到居酒屋大开忘年会。忘年会是日本公司、组织在年末举行的宴会，忘记一年的辛劳，展望来年。我们研究室也会有忘年会，先是陪老师喝一场，叫“一次会”。老师尽兴离去，学生们还会再喝一轮，即“二次会”。一次会多少有些拘谨，看着老师的脸色，偶尔还要讨论几句学术。

二次会才是真正的狂欢。日本人恭谨起来能到极致，疯狂时也极彻底。所以每到年末，夜里走在路上，总能遇到喝多的人们，又叫又闹，扭成一团，狂欢至天明。

更正式一点的圣诞活动则在教会举行。日本的基督徒虽说很少，但也有五花八门的教派，各家有各家的庆祝方式。或唱诗，或敲钟，或共领圣餐，或齐声祷告。缤纷的彩灯与圣诞树让人看着很喜欢。远远传来的歌声和管风琴嘹亮悠远的轰鸣，常令我驻足。也有教派是坚决不过圣诞的，他们有一套解读《圣经》的方式，认为基督并非诞生在这一天。他们怀着深沉幽愤的情绪，向别人解释他们的教义，希望大家不要去凑圣诞节的热闹。不过对于我这样的普通人而言，能在平安夜听到美好的音乐，耳里激荡着邈远的回音，看到满街夺目的圣诞红，又怎么舍得拒绝呢？

想起来，我家也有一位长辈是基督徒，她常去金沙西郊一间小教堂做礼拜。高中时有一年平安夜，她带我到教堂玩，沿河走过长长的道路，穿过枯凋的树林，过小桥，远远看见白色的朴素的尖顶房屋。她和老姊妹们在厨房切香肠和白菜，准备做圣餐。她们有自酿的葡萄酒，酒液薄红，浮一层薄薄的白沫。唱诗班的女孩子穿一色长裙，白发苍苍的音乐老师弹着一架旧木钢琴。歌声起来，如流泉汩汩经过耳畔，木钢琴嗡嗡的共鸣令我察觉演奏者指尖的力度，心里很觉得感动。

今天出门，看到街头有老奶奶抱着两盆圣诞红，真好看。特地跑去花屋，不巧只剩大盆圣诞红，实在太贵。最终买了一盆廉价的风信子，已经能看到蓝紫色花苞。去年这个时候也买了一盆，长得很快，到新年保准能开，特别甜美。

松如
冬月廿一晚，能看到猎户三星和冬季大三角

许多人家门口会挂花环

山茶开得好极了，不少寺院以之装点手水钵

买书容易读书难，
这个春天应当多多努力。

壬辰年 二〇一二

神户书市

嘉庐君：

春假返京，愉快地过了三周，每日与猫相伴。楼下一排白杨树，夏天回去时夜夜萧萧如雨，动人客心。三月里刚结了满树白杨花，落下来毛茸茸一段，远看像毛虫。小区附近公园里常有人唱梆子戏，胡琴拉得很好。有一位打扮很普通的妇人，衣服灰扑扑，开口却清越动人。我以前不大听梆子，以为戏词俚俗，腔调吵嚷，现在也觉得很喜欢；尤其是昆曲《奇双会》里的吹腔，让我欲罢不能。就如在外面住久了，在饮食方面越来越没什么挑剔。春天一夜之间到来，山桃花开得惊天动地，玉兰毛茸茸的花苞也即将开放。北京最宝贵的春季，我却要离开了。二十八日夜里回到京都，樱花还没有动静。看不到白杨树，也没有那种裹挟沙土的狂风。空气澄澈，云朵飘过碧蓝的天空，在山上投下的阴影缓缓移动。

纵是这样的好风景，也免不了怅惘。

昨天去了神户一年一度的春季书市（3月15日到5月15日）。这里书价极廉，单行本三百日元一册，文库本一百日元一册，留学生再得半价。须乘阪急线换两趟车，这是我第一次到神户市内。神户背山临海，山路起伏，沿途风景与京都大不同。听本地人说神户大学常有野猪出没，还见过大野猪领了一群幼仔等红灯过马路。

书市规模不大，在某处活动中心，只有一间屋子。书堆得很满，分类较混乱，乍一看很没头绪。日本出版业发达，书籍品类繁多。几年来买书养成的习惯是：没有明确目标时，先看出版社。岩波文库、中公文库、小学馆、中央公论社、汲古书院、山川出版社、东京创元社、弘文堂、平凡社、角川文库都值得信任。以前常去百万遍附近的有斐阁，这家出版社专门出版法律书籍。

再看著者履历。日本书籍在飘口或封底通常都附有著者履历，写明出生地、出身校、研究方向、著作成果。经过两道初筛，多半会有发现。当然日本出版社极多，也有一些非常小众的出版社，做的书却非常好。至于著者的履历，只是一项附加参考，不能完全凭信。

先在文库本中挑选。通常的“文库本”多指日本六十四开的书籍，与单行本相对，近代以来为鼓励民众读书，定价低廉。后来各出版社还推出“新书”，开本比文库本略大，内容是社科学术，包罗万象。而文库本则更专精于文学艺术。我很喜欢轻便易携、内容丰富的岩波新书，发行量极大，价格很友好。

未来社出过一套《日本的民话》，共二十六册，按地区编辑，内容非常有趣。很想全部买下，但考虑运回京都太困难，就选了当中最感兴趣的三册。又顺便买下中央公论社一套十六册的《世界历史》，从前日本出版社很喜欢编这类教养普及类丛书，请相关领域的名家撰写，类似我们的“大家小书”，发行量也极大，旧书店和书市上经常能见到。

逛书市很费体力，一晃到了下午，反复拣选，装了两箱。等朋友来接时有一件小风波：放在寄存处的两箱书被工作人员不慎拆分入仓库。对方道歉不迭，领我去仓库开箱翻找。拆了七八个箱子，终于将之前那两箱给找了回来。众人都大松一口气，我也大有失而复得之喜，顺手又从书堆里挑选了两册喜欢的。

晚上回到京都，途中新月皎洁。邻家垂樱初开，花枝拂过墙垣，有猫静卧，见人来也不避。买书容易读书难，这个春天应当多多努力。

匆匆，即此顺颂

著安

松如

三月十二，清明节前二日

春天，寺院在橱窗内换上“花枝自短长”的书法

嘉庐君：

收到你的来信很高兴。早川同学与我年纪相仿，《潇湘水云》是他看着琴谱弹的，《广陵散》确是节本。弹《秋风辞》时没有唱歌，他请我唱——但我不会，只会《阳关三叠》《凤求凰》之类，还是跟唱片胡乱学的，根本靠不住。他小声表示："送别曲不轻易弹。至于《凤求凰》，这个也不能随便弹。"于是当下一笑而罢。他还自创了一首琴曲，配有琴歌，可惜我记不下来，下次见面再向他请教。

早川同学的信写得很好，古风盎然，并不纯是掉书袋，我不会写这样文采斐然的信，很惭愧。好在一来二去熟了，行文也逐渐随意。提到书信，近来读到几封有趣的明人尺牍，讲给你听。

有一则，是李开先给友人的政坛小道消息："内首久不出，阁臣及广之大老有动摇本堂之意，所赖者朝廷明圣，毕竟徒费心力也。附及之，付火。”可是收信人居然没有烧掉，还流传至今。李开先行草很漂亮，也许收信人当墨宝收藏了吧，只是不知李自己如何想。

又李东阳给好友茶陵派诗人杨一清书云：“鲜鹿一肩，奉供午饭。此非咄嗟可办者，故昨夜不能设也。呵呵。东阳再拜。”想起你昨日“拆宋琴煮野鸡”之戏言，一笑。明初鹿肉还没有如晚明时一般流行，这一肩鲜肉大概很稀罕。看明人宋诩《竹屿山房杂部》，卷三提及鹿肉烤炙之法：“用肉皴二三寸长，微薄轩，以葱、地椒、花椒、莳萝、盐、酒少腌，置铁床上，傅炼火中炙，再浥汁，再炙之，俟香透彻为度。”跟现在的铁网烤肉一个样。

你知道，奈良的鹿很有名，各处怡然散步，欣欣向人讨要鹿饼，游人非常喜欢。而近年鹿群繁殖过快，几乎到了扰民的地步：粪便多、喜结群、性狡黠，常到郊区破坏农作物。于是有人提出不如杀一些来吃，当然遭到反对。其实奈良的鹿每年都有一部分供食用，在某些低调的商铺就能买到冷冻鹿肉，据说和牛肉味道差别不大——我只吃过鹿肉咖喱，已经煮化，没有尝出特别的味道。北京南郊有麋鹿苑，往年常去游玩。那些鹿不似奈良的鹿那样亲人，很警觉，只能远观。

有一段时间，我很不喜欢文字交流时用“呵呵”二字，认为意义不明，态度暧昧，不如“哈哈”“嘿嘿”更明确。当时就被朋友数落，举了一堆古人用例，可是古人用例的词义到现在发生了改变，不也是再正常不过的事吗？

又谢迁一书，也提及食物：“家雁两掌、豚肩一方、山果二合、官酝一尊。”很喜欢书信里这些有香气有温度的内容。比如字字美味的《韭花帖》，又比如“奉橘三百枚，霜未降，未可多得”。

又唐寅致祝允明一书：“闻今日执事有事，恐不能尽一日之欢。明日乞早降，望赐准允，可约诸白菜也。”（今藏上海博物馆）清人汪绎曾狎二美伶，见堂上所挂沈周芭蕉图，错呼白菜。时人戏称双白菜。方苞大加规谏，汪绎很不高兴，自署门上曰：“双双白菜，终日到书堂。”不过唐寅的“约诸白菜”用了什么典故，又或是什么暗语、谑语，我实在不知道。如果你有答案，请一定告诉我。

男子尺牍固不在少数，且形成了固定的文体，被看成性灵之作；而女子书简原本不多，湮灭亦夥，是故《历代名媛书简》等编虽多不可信，也弥足可珍。明人吴柏的《寄父书》，讲种花，在多数讨论诗词文章的女子书信中尤觉难得：

> 所赐花子，想纸厚不通风气，下种生机索然。尝见右军帖中，谓百果之子，须盛以布囊。古人之见，信不诬也。父所索麒麟蕉，一名文殊兰，花如佛指诀，子可为念珠，彼人珍惜之甚，乞得数子，春寒出稀，加以霉雨浸伤，仅存一本。开花时女正归宁，子俱为人取去，此种遂失，俟觅得寄来。

屈大均《广东新语》亦载文殊兰："叶长四五尺，大二三寸而厚，花如玉簪，如百合，而长大。色白，甚香。夏间始开。"曾在和歌山海边见过石隙里丛生的文殊兰，人不以为珍；麒麟蕉的名字，我也是读吴柏这通信才知道。

又李渔之女李淑昭致钱夫人书："鲜蟹一筐，家君自苕川寄归者，特贡吾妹一箸之需。想持螯把盏时，定多一番佳咏。"亦得古人风韵。

还有吴芬如的与姊书，虽也多四字句，但内容亲切可爱："玉枢丹佩，当午所制，可祛百邪。承惠艾虎，致绅不忘。女兄弟相见甚难，被服之在躬，永如晤好。"收到艾虎，报以丹佩，"相见甚难"，"永如晤好"，是女子情谊的深情写照，也是尺牍承载的无限寄托。

一入秋冬，每日听到的救护车声更多了。城里老人多，秋冬总是难熬。有时候半夜，窗外呼啸过急忙的一辆，难免感到担忧，为世上不可知的生老病死。红叶季又到了，理应出门游赏，可惜我每年总有这样那样的理由不得畅游。希望秋天等我一程，待忙完琐事，很想去东福寺看一看。那儿的红叶太有名，每年新闻都说许多人参观，挤得通天桥水泄不通，唬得我连年错过。月底有朋友到京都，或可将你的著作带来，当面交给早川同学。

松如

十月初六，小雪前四日，气温在六到十度间

现在正是游客不多、天气清凉的好时节。中断很久的书信，也终于可以在高远的星空、清澈的虫鸣里，抵达彼处的秋天。

癸巳年 二〇一三

无名的它

嘉庐君：

见信好。

夏目漱石有一篇随笔《猫之墓》，主人公是《我是猫》的原型，一只瘦弱的花猫，漱石的妻子镜子对它很冷淡。这只没有名字的猫后来死去了，有一只很小的墓冢，墓牌上有漱石的俳句："在此之下，无有闪电起来的夜晚吧。"该如何理解这一句？不少解说都认为"闪电"譬喻猫的眼睛与灵动的身姿，猫已死去，闪电不复起来。集英社版《漱石文学全集》别卷之《漱石研究年表》载有这只猫的两则资料：明治四十一年（1908）9月13日，夜，《我是猫》的猫死去。9月14日，发布《我是猫》的猫的死亡通知（明信片四周涂黑，寄给亲近的诸位门生：小宫丰隆、铃木三重吉、松根东洋城、野上丰一郎等人）。因衰老而死在储物间的炉灶上。

镜子夫人将死去的猫装入盛放橘子的纸箱，埋在漱石山房北侧庭中。并找来长方木料，请漱石写点什么。于是墓牌正面写上“猫之墓”，背面是“在此之下，无有闪电起来的夜晚吧。漱石”。每月忌日，镜子夫人会供上一片鲑鱼和一碗紫菜鲣鱼屑拌饭。此猫从千驮木搬家到西片町，又到早稻田南町，没有名字。十三回忌时，镜子夫人为它建造了九重供养石塔。

岩波书店版、角川书店版《漱石全集》均录有漱石寄出的《猫的死亡通知》：

> 九月十四日，周一，中午十二点至午后一点，牛込区早稻田南町七番地寄出。敝处病猫沉疴日久，疗养不善，昨夜不知何时于储物间灶台上逝去。葬仪托车夫代理，装箱埋于内庭。但主人因书写《三四郎》而不能出席。以上。

《我是猫》里的那位，最后则是喝醉了跌到水缸里，“浮在水面上，浑身酸软无力。挣扎着，竭尽全力想爬出去。可缸壁太滑，看来是爬不出去，只能永远漂在水上了……我死了，我一直连名字都没有”。

漱石在早稻田的旧家已毁于战火，而猫之墓小小的九重石塔竟神奇地幸免于难，作为“新宿区文化财产”保存至今，一旁指示牌写着：小说《我是猫》主人公三花猫之墓。

这只生前无名、不曾受到许多重视的猫，死后不但有供人凭

早稻田南町，夏目漱石亡猫供养塔，战后修复

吊之所，还成为日本文学史上最有名的猫。漱石那篇随笔意思冷淡，和明信片上写的一样，而结尾却余味不尽，很喜欢谢六逸的翻译：

> 在墓标的左右，供着一对玻璃瓶，里面插满许多的萩花。用茶碗盛着水，放在墓前。花与水，每天都换着的。到第三天黄昏时，满四岁的女孩子单独一个人——我这时是从书斋的窗子看见的——单独一个人，走到墓前，看着那白木的棒，有一些工夫，便把手里拿着的玩具的杓，去酌那供猫的茶碗里的水喝了。这事不止一次。浸着落下来的萩花的水的余沥，在静寂的夕暮之中，几次地润湿了爱子的小咽喉。

不由想起吉田寮的一只三花猫——从前跟你讲过吉田寮的故事，那里生活着许多动物，鸡、兔子、鸵鸟、山羊、孔雀……旧木楼里栖居着几十只猫，每天晚上都聚在墙头开会。有同学住在那里的二楼，一年费用极低廉。去她家玩时，认识了楼道里一只很清秀的三花猫，不怎么怕人，见我呼唤，会无声地上前，温柔舔舐我的掌心，任我抱在怀里挠它细瘦的脖子，眼睛眯成一线，很受用的神色。那时它似乎还有主人，走廊里有它小小的饭碗。暑假前去时，发现它瘦成一把骨头，蹲在窗前，十分可怜。小小的饭碗里没有食物，据说它的主人毕业了。本来吉田寮里的动物也没有固定的主人，不过彼此相处，互相关照而已。同学说，它身体不好，没什么竞争力，楼里的大猫都欺负它，恐怕活不长。我曾买去几只罐头，码在旧楼的过道里，贴了纸条，请楼里人记得喂它。开了只给它吃，它细细抿着，只吃了一小半，就歇在那里。

等我放春假回来，想着去看看它，罐头和猫都不在了。倒是在宿舍传达室前的小桌上，看到了它的照片，前面供着香烛和水果——猫也不吃这些。桌上有手写的字条："无名的它，已然往生。若怜惜它曾经的身影，可燃一炷清香。"旁边是一盒线香，一只打火机。默默燃了一支线香，生前的冷落与死后的郑重，想来非常无情，这就是很纯粹的日本的情绪。偶然读到清人金玉冈一首《咏雀儿塟》，前四句很好："小草萋萋苦竹根，可怜于此葬啼魂。蹴馀红树枝头颤，踏过苍苔字有痕。"我读的诗文少，总觉得这样凭吊小生灵的作品在我国传统诗文集里没有那么常见，因而一并抄给你。

松如

二月初七，时近春分

京都街巷常见到猫咪

两京之间

嘉庐君：

最初给你写这封信时，是回北京的第二天。这趟航班很便宜，先从京都到大阪，经停烟台后到北京。今夏赴日游回温，机上有很多国内游客。我邻座是一位陕西阿姨，说机上三十多人都是同事，公司出钱让他们到日本玩一周。去了浅草寺、金阁寺、东大寺，其余时间大多在购物。买了纳米陶瓷刀、电饭锅、手机防辐射贴、奶粉。问我平时可用纳米陶瓷刀，我说不用，她急对同伴痛呼上当，说你看她住在这里都不用。我赶紧说，不是上当，而是我不怎么做饭，并不用高级的厨具。问我日本的电饭锅是否当真好用，我答的确不错。后来她与我闲聊。问我是不是在这里读书，将来想做什么。我漫然作答。她说自己的儿子和我同岁，已在家乡工作。女儿今年刚高考，第一志愿是会计，被调剂到法学专业。她很焦虑，因为觉得学法律毫无用处，“家里又没关系，将来考不上公务员。考上公务员也挣得不如会计多”，“养女儿没用，我供她念四年大学，又好大一笔钱。毕业赶紧工作嫁人得了。女孩念书有什么用，我还是喜欢儿子，好在我有个儿子”，“我还要给儿子攒钱买房。现在的女孩子，哪里愿意嫁没有房子的男人？我儿子要是没房，老婆都娶不到。女儿嘛，让她自己去找有房子的男人就好了”。一路听着，无从插话，后来我睡着了。到北京后，她尚要转机去西安，我们就此告别。

北京机场高速两旁多了一种路灯，灯箱错落两节，灯罩似有花纹，雾气中没太看清，夜色中蜿蜒如长河。旷野的杨林已极茂密，不再是数年前所见幼弱枯瘦的树苗。因为刚下过暴雨，空气格外干净，次日也有高远的蓝天。国槐不停落着白绿的碎花，充耳是不息的蝉鸣，这是我熟悉亲切的北京。

家里三只猫都和我生疏，刚刚好不容易给其中一位洗了澡，更是深恨我，远避不见。阳台的植物都还好，去年的茉莉还在开花。从周今年种的碗莲又告失败，空出的花缸改植铜钱草。水里据说本有两条小红鱼——在照片里见过，很漂亮，但在我回家前夕已相继死去，我劝从周今后还是少养活物为好。

去市场买菜，往日常光顾的店家都记得我，聊了两句。在肉铺要一块配蘑菇的里脊，铺里一位二十来岁的青年，正拿刷子、刀片、镊子等物拼命刮一块猪皮。边上几位等待着的主妇纷纷夸赞："这家的猪皮，嗨，特别好，拾掇得特干净。""可不是，在别家买的回去都得再收拾，这家的全不用！""瞧，这可多卖力啊。"那青年听到赞语，抬头笑笑，手里的动作更流利。黄昏之后，街边有卖凉菜的小推车，常见两个老头儿各提一瓶啤酒对饮，剥着花生海侃。

续写此信，已经回到京都。虽然刚回来两天，在北京的日子却像很久之前的事了。机场回来的路上，辉煌的夕阳与壮阔的山海，与四年前我刚来的秋季，并无区别。深蓝的夜里看到东寺五重塔的轮廓，就到了京都古城的南关。借着下弦月的清辉，能看清寺庙纵深的轮廓、民居的木栅门庭。神社门前往往有纸灯，模拟出烛火与油灯的幽微蔼蔼。若是稻荷神社，会有许多写着供奉人姓名的白色纸灯，照亮空旷的、仿佛时时会有狐狸现身的木构舞台与重重林立的朱红鸟居。

住处在银阁寺前，月待山下。穿过流水畔樱林大道遮蔽的树荫，抬头看到被星月照亮的层云，都嵌着橘色的边廓，半轮皎月高悬其上。打开屋门，阔别两个月的小房间，有备用钥匙的好友刚来打扫过，桌上有两盆崭新的植物，一张便笺，大概说，没有帮你照顾好阳台的植物，给你新买了两盆。等你回来，一起喝酒。到阳台一看，碗莲已经枯了，青椒剩下两个干瘪深红的小果子，薄荷也尽枯死，折断枝叶，仍有香气。牵牛、几盆多肉植物都还活着。邻家传来女人的轻言细语，讨论晚饭的内容。清晨起来，

京都时常能看到白鹭

随处可见的野鸭

阳台还开着牵牛薄蓝与紫色的花朵。

鸭川清浅的水流溅出洁白的水花，河床的石头露出来，也是洁白的。水鸟缓慢飞过，周围青山在透明洁净的阳光里，云的影子在山中流动。滩上的芒草闪烁着银光，胡枝子和葛花也到处开着。

便利店开始卖滚烫的关东煮，买一碗，再有一个饭团，坐到鸭川边吃，看黄昏沉落，星辰升起。若是连白鹭与野鸭都熟睡的深夜，很有可能在河边看到鹿群，从附近山中来，踏着月光渡河饮水。秋刀鱼、香鱼、沙丁鱼、鲷鱼，都到了季节，盐烤就行。青木正儿说，中国人能同时接受丰富的调味料，而日本人的味觉体验很单一。可能是我的偏见，总觉得这里的烹饪方法都很程式化，一到黄昏，居民区都飘着类似的食物气味。某道菜在某个季节用到某种食材某种调味料，步骤如何，都有定式。差别只在食材的产地、季节与品质。好在我不挑剔吃，天天吃食堂也非常满意。

现在正是游客不多、天气清凉的好时节。中断很久的书信，也终于可以在高远的星空、清澈的虫鸣里，抵达彼处的秋天。

松如

八月廿四，秋分过后，此地曰秋彼岸，石蒜花开，墓前供萩饼

秋初的鸭川

早晚凉风锐利，远山的轮廓变得极明晰。

季节轮转，我们期待中的重逢，不知在何时。

辛丑年　二〇二一

转眼就是秋天的黄昏

远游归来

嘉庐君：

见信好。

这次的回信从春天拖延到盛夏，又从大暑拖过了处暑，真不好意思。之前与你说过，春天要开一门讲汉服文化史的课，也早已顺利结课，计划明年继续展开这个话题。暑假已至尾声，令人惆怅。八月初计划外出旅行，对着地图想了很久，不愿走太远，不想去关东，最后选中和歌山最南端的小城串本。从前旅游业兴旺时，从京都站有特急列车“黑潮”直达串本。如今这趟线路班次大减，始发站也从京都改到了大阪。

当时正是奥运会很热闹的时候，不料出发当天新闻说各地新冠再度蔓延，大阪又发出紧急事态宣言。我懵然无知，清晨已在旅途。列车沿和歌山海岸一路南行，车上游人寥寥，饱看了窗外无尽的碧海蓝天。也穿过大片山区，到处是橘田与竹林，偶尔一大片盛开的雨久花骤然扑入视野，又转瞬离去。还想再遇见这一片美丽的蓝紫色，后面却没有了。

抵达串本已是正午，街上没有什么人，步行至酒店，据说客流量大不如往年。因为房间有空余，我原先预定的单人间被换成了阔大的家庭间，说是特别优待，进门就看到落地窗外浮在海上的纪伊大岛。这旅店像极了文豪住的地方，不写点什么仿佛对不起窗外的大海。

在串本待了两天，买了旅游小巴的通票，车上一直只有我一人，司机也是同一个，形同包车。那是一位本地老人，或许觉得年轻人工作日在外无事晃荡有些可疑，特地问了我接下来的行程。据说日本的酒店对独自旅行的人都有些紧张，生怕他们是出来玩一趟、吃顿好的，就去自杀。而串本的确有自杀圣地，即海边的景点三段壁。我照着观光地图搭车过去，途中遇到几群外地来的高中生，大概是参加什么活动。进景区后发现，买票能用微信支付，可知从前应该是很热门的国际旅游景点。稀里糊涂跟随工作人员进电梯，被送到十几米下的洞窟，听到浪涛击打山崖的巨响，原来这是海边山崖的底端，山洞外就是撼人心魄的大海。据说这里古代是海贼的据点，洞窟用来停船和休憩。高中生们一点都不怕，纷纷靠近洞口观察眼前的白浪。我畏缩不前，只混在他们当中瞥一眼洞外风景，遂快速退出，搭电梯回到地面。如果和从周一起来，可能就不觉得这么恐怖？在地上远眺太平洋，看清了石壁的高度，从这里跳下去，的确很难生还。难怪沿途都立着求助电话的小牌，提醒决心投海的人在最后时刻三思回头。

回京都途中去了著名的旅游城市白浜，这里是日本熊猫最多的地方，目前白浜野生动物园共生活着七只熊猫——而这里的旧书店仅有一家，街上到处都能见到熊猫的宣传画。据说白浜的自然环境很适合饲养熊猫，早在1994年，就与中国共同展开熊猫的自然繁殖研究。和歌山有三只德高望重的熊猫被授予“和歌山县勋功爵”之称，其中最年长的是1992年出生的公熊猫永明。无论中日关系怎么紧张，熊猫在日本总是极受欢迎的，是真正的和平大使。不过我没有去看熊猫，而是在酒店躺平。这回仍住海边，对着景点白良浜（事先并不知自己选择了这样的好地方）。游客数大不如往年，我的单人间又被酒店好心地换成了巨大的对着海岸的客房。若是往年，这样的房间非常难订，总是临时才决定出游的我不可能住上。白良浜的落日很美，海边游客也不少。我很想下海，但一个人行动难免不便，最后选择了对着太平洋泡温泉。又独自在附近的居酒屋吃了京都决不会有的新鲜海产，喝了热乎乎的本地酒，这享用的确有些冷清。更可惜的是在文豪钟爱的海滨旅店住了几天，却没有写出一个字。

回京都后，觉得假期太过宝贵，想着再计划一场旅行，又对着地图遐想。我去过的地方很少，行动总在近畿地区，北海道也没有去过，一直以为遗憾。不过接下来就是连日暴雨，加之新冠蔓延，已不能出门。虽然我早已打过疫苗，但家人很担心此地情况。人们对自身所处环境的安危总有不同感受，至少目前看来，这里生活并无特殊的不便，物资供应亦暂无问题。下学期大概率仍是在线上课，我的身心早已习惯这种模式。

《书问京都》已经出来，不知你有没有收到书？真希望还会有下一册，盼你来信，祝一切都好。

松如

辛丑处暑后二日

寺院偶遇

嘉庐君：

接信深觉安慰。近事纷纷，起因极小，而走向竟如此难以预料，真可慨也。好在避居山中，物理上隔绝了纷扰，实际上很清净。要说心情完全轻松，当然也不是。就算不为自己遭遇的这件小事，也为汹汹世论而感到忧虑。人们虽生活在同一时空，境遇与感受却如此不同，也越发吝啬付出宽容与理解，不知往后的世界会如何。

或许是今年此地春天来得很早，秋天也提前到来。前些天校内已开了石蒜花，紫薇还没有凋尽，桂花尚无消息，节令总比你那边稍晚一些。早晚凉风锐利，远山的轮廓变得极明晰。季节轮转，我们期待中的重逢，不知在何时。

此前要与你分享的一则趣事，再不回信，险些要忘了。两周前的黄昏散步真如堂，遇到一位好看的欧洲姑娘，斜挎一只布包。走近了才看清里头藏了一只黑白花小猫，脸尖尖小小，眼睛非常大。我们自然很容易开启话头，姑娘说自己从瑞士来，住在真如堂附近，这只小猫叫邦德，是她在自家阳台从乌鸦嘴里救下的。“那乌鸦使劲儿咬它。”小猫邦德挨着她，大眼睛很警惕地望向我。它背上有牵引的绳索，原来是敢于外出散步的小猫。姑娘让它从包里出来，它在地上走了几步，起先只往竹栅栏内躲避，后来昂然探索，不再介意我的反复赞美：好可爱呀，真英俊！

我向主人征得同意，替它拍照。遂与姑娘闲谈，何时到此，又在何处读书或工作。姑娘说是两年前过来的，如今在“おおえのうがくどう”工作。我听“のうがくどう”一词，想到的是“农学堂”，以为她在从事农业研究。但“农学堂”这个名字乍一听实在古典，此地似乎并没有听说过，倒是清末有很多“农学堂”呢。虽然好奇，但也没有多问，想着回去查一查总能知道。

归途与从周感慨，你看，有瑞士姑娘不远千里来这里学农，真不错，我们也可以考虑学农——隐居种地的幻梦还是丢不掉。但到家后再一查，哪是什么“农学堂”，分明是“大江能乐堂”。而“农学堂”一词只有我国使用，明治时期的常用词是“农学校”，真是不小的误会。这位姑娘还是一位小有名气的舞蹈家，我真是太眼拙，她行动如鹤，我却以为她是归田园居。从周也说，当舞蹈家我们肯定不行，还是好好读书吧。

前一阵芥川赏公布，台湾籍年轻作家李琴峰获奖，作品叫《彼岸花开的岛屿》，我还没有读。昨日听研究台湾农业史的师兄说，李琴峰遭遇此地网民攻击，说她文章“不爱日本”。去亚马逊读书页面一看，果然也遭遇日式“一星运动”，人类思维与行动出奇相似，这倒激发了我的兴趣，非要去看看李琴峰写了什么。只是眼下已开学，又要陷入忙碌，可叹快乐的暑假总是如此短暂。

不记得有没有跟你说过，这些年我很关注韩国文学作品，国内引进不少，这是很好的事。日本网上嫌韩风潮猛烈，但日本图书市场一直积极引进韩国文学作品，且销量很好。认识的一些本地人有时会毫无掩饰地表达对韩国的反感，但对韩国文学、韩剧却大加赞赏，东亚各国对待彼此的态度实在耐人寻味。我也喜欢近年的韩剧，种类丰富，篇幅适中，紧跟时代风潮，对当下社会问题有深切的关心。当然也有不少开篇甚好、后续落入俗套的作品，大约与韩剧边写边拍的制作模式不无关系，不似美剧有更大的团队协同合作。

我很喜欢《秘密森林》，尤其是第二季，推荐给你。第一季还有些落入俗套的有关天才的设定，第二季的走向则难以预测，节奏独特且不俗。《机智的医生生活》也还不错，是大众接受度很高的类型，风格略似从前的《请回答1988》，也有“观众一起猜女主最后嫁给谁”的讨巧设定。只是编剧性别观念颇落后，第二季也不如第一季精彩，编入许多陈旧尴尬、皆大欢喜的感情戏。

多年前曾看过一部口碑很好的韩剧，叫《家门的荣光》，讲名门儒者旧家的生活，开篇就演绎了盛大的儒家丧礼。今年暑假刚开始时重新翻出来看，惊讶于女主人公竟如此符合儒家传统道德：新婚丈夫死去，守节不嫁，历经万难才选择重新结婚；剧中男子对女主人公多行跟踪、骚扰之事，在十多年前的电视剧里却被描摹成“执着的爱情”——居然是一个现代故事。而剧中追怀的长幼有序、兄友弟恭的传统家族图景，在眼下看来更是遥远。可见十多年间，社会观念已有很大变化，当时随便消遣的电视剧，如今也能当作观察世情的材料来研究了。剧中女主人公是一位典雅智慧的历史学研究者，曾说“我们国家如今少子化，我要生七个孩子”。剧中演到她生了一对双胞胎——这样的情节，在女性主义崛起的今日韩国文化界看来，是十足的“陈言腐语”。一旦用性别视角去审视这些文艺作品，都难免觉得漏洞百出。

意到即书，拉杂不成篇章，先写到这里，凉风正穿户，山里虫声清澈极了，唧铃铃，唧铃铃，比夏末黄昏的蜩鸣更寂寞。

松如
桂月初九

石蒜花开

小蘋绘竹，钤“小蘋女史”（《小蘋画谱》第二辑，西东书房，1917年）

小蘋遗事

嘉庐君：

见信好。

听你说近日买书大有所得，真令人高兴。还好我买书不受别人刺激，大概因为总是穷忙。你说的含有古琴节目的节目单很有意思，不知古琴与其他乐器的比例如何？印象里古琴好像一直不是认知度很高的乐器。前一阵我沉迷听柳继雁先生的昆曲，她在苏州本地一档电视节目中也回忆过 50 年代的表演，非常有意思。像她这样未曾名满天下的老先生，谈吐保留了许多未加改造的本真细节，作为口述史料很有价值。

近来碗君给我看了一张画儿，题作《溪山清趣》，落款“大正元年星次壬子秋日 小蘋野口亲”，钤“野口 / 亲印”（白）、“小蘋 / 女史”（朱）、“春秋 / 多佳日”（白）三方印。碗君赞美其画风“很中国”，非常漂亮。起先我觉得名字有些眼熟，翻了一阵笔记，原来之前读郑孝胥《辛卯东行记》，的确已邂逅过她：

> 五月初八日（6月14日）
>
> 晨，同陶杏南坐马车至光照寺访贯龙，以二扇还之，笔谈良久。进荞麦切面，但白煮盛木盒中，别器贮酱油自絮之，余与陶皆不能进。出寺，过一卖画女士，名野口小蘋。入室辄脱屦，地皆布席，施跏趺坐，国人则跪坐也。小蘋年四十许，其夫亦在室，与客同座谈。索画观之，皆仿中国画本。有一幅绢，画背立美人，着单縠之衣，腰以上悉隐见之，题曰《小青第三图》。又一立屏未毕，为牡丹山石，颇工秀。其室中有扁，曰“闲云野鹤草堂”也。

这是1891年郑孝胥随李经方出使日本时所遇之事，陶杏南即陶大均。光照寺隶属增上寺。贯龙即水野贯龙，净土寺僧，三重县人，著有《教林一枝》，郑孝胥评为“甚似龙舒净土文”。而这位野口小蘋，就是碗君赞赏的画家了。网上检索一番，发现小蘋的事迹虽不算完全湮没无闻，但名气远比不上村松园、竹内栖凤等画家，因而她的画虽然十分不俗，如今市价却抵不过一张稍微难得些的浮世绘。这一点很耐人寻味，故而想对她的生平稍加勾勒，以示存古之意。

弘化四年（1847），野口小蘋生于大阪，父亲是医师松邨春岱。她是这家长女，自幼喜爱书画，八岁时拜师四条派画师石垣东山，号“玉山”。十四岁时与父母同行，游历北陆地区，在福井拜师岛田雪谷。数月后前往名古屋。十六岁，父亲去世，为了奉养母亲，她开始卖画。十九岁时游历近江八幡，拜师日根对山，号“小蘋”。二十一岁时来到京都，正式卖画为生。二十四岁时母亲去世，其时已是明治三年（1870）。转年小蘋来到东京，居于麹町，明治六年（1873），她奉官命为皇后寝殿绘花卉图八幅。明治八年（1875），她来到山梨县甲府，在这里认识了酒商“十一屋”的长子野口正章。

正章年长她两岁，也在日根对山门下学画。其父正忠号柿村，爱好美术，会作汉诗，与富冈铁斋等文人、画家交游甚厚。两年后，二人成婚，次年女儿郁子出生。明治十二年（1879），全家移居“十一屋”店面所在的甲府。当时正章投资开发啤酒，虽然产品颇受好评，但生意做得并不成功，以致负债累累。明治十五年（1882），他退出“十一屋”的经营，家业由弟弟继承，一家三口来到东京谋生，起先住在银座附近，后搬到神保町。小蘋又开始了卖画生涯，在内国绘画共进会、东洋绘画共进会等活动中获奖，略有声名。明治二十二年（1889）九月，她被华族女学校（学习院女子大学前身）聘为教师，教授作为“女子教养”的传统画技。

当日郑孝胥造访小蘋之家，应该就在神保町，光照寺距神保町有三公里路程。小蘋当时四十五岁，郑孝胥所见《小青第三图》，今仍存世，在某私人藏家处。绘圆窗内女子瘦削背影，双肘凭窗，左手执羽扇，右侧几上炉烟细细，笔致清俊。其箱内墨书“此系先妣小蘋先生壮年时代摹写而爱藏久之 小蕙郁”，为小蘋之女手笔。其女郁子号小蕙，继承了母亲的绘技，曾与日本南画家小室翠云有过一段短暂的婚姻。

从小蘋存世画作来看，她曾摹写过大量中国绘画，这幅《小青第三图》是其中的妙品。识语云：“曩余客济上李太史家，见有是帧，颇极妖纤之致，因为临此，南桥陈松述。”其下钤白文方印“陈南 / 桥印”。又录小青存世诗十首，识云：“右录小青焚余十绝句，或曰小青原无其人，合小青二字乃情字耳，南乔记。”画幅右下角钤“碧海 / 青天”（朱）、“小蘋 / 摹”（朱）。可知小蘋摹写的对象为陈松摹作，陈松似为天长人，活跃于乾隆年间，曾为北京夕照寺画过壁画。我对画史不熟，亦不知其详。题名《小青第三图》，应该是一组中的一幅。原画今不知何所，更说明小蘋摹作的价值。

中年之后的小蘋创作极丰，获奖无数，屡为皇室作画。明治三十七年（1904），被任命为帝室技艺员。这是战前日本宫内省表彰艺术家的制度，小蘋是入选其中的第一位女性，也是唯二的女性——另一位是名气更大的上村松园，比小蘋年轻二十八岁，晚四十年入选。

评上帝室技艺员之后，小蘋工作强度骤增，作品频频登上《美术画报》等重要刊物，应酬之作也变得很多，所用画材亦变得非

野口小蘋肖像，刊于《家庭》（第49期，1907年）

常高级，并多有绚烂的花鸟绘与辉煌的青绿山水图。大正六年（1917）二月十七日，积劳成疾的小蘋病逝，享年七十一，法名“春光院芳誉小蘋清婉大姊”。

目前对小蘋收藏、关注较多的是山梨县立美术馆，因为小蘋夫妇曾在甲府生活过，山梨县内保留了不少小蘋遗墨，野口家的“十一屋”也将不少藏品委托山梨县立美术馆保存。翻检图录，小蘋的许多画儿我都很喜欢，其中当然免不了我的“中国趣味”，但更重要的还是因她画技精湛绝俗。她二十九岁时画过《美人名花十二友画册》，虽然都仿浮世绘和服美人的构图，但意境、笔调不离南画格调。一月美人赏白梅；二月是簪戴珊瑚的盛装美人与盆兰，应该是正月气象；三月美人负幼儿散步庭中，篱间点缀丛竹、藤蔓；四月美人在圆窗内书案前，案上笔墨纸砚，身后还有一句若隐若现的条屏“恰似杨妃睡起时”，下署“乙亥五月中浣小蘋亲书”，窗外则是叠石牡丹；五月是美人观芍药；六月美人读书，案上有书函并瓶插石榴；七月仍是美人对书案，盆花似是茉莉，又或小叶栀子；八月美人凭栏赏荷，手执泥金书扇；九月是美人坐在桂树下的瓷凳上拨月琴；十月美人剪菊枝准备插瓶；十一月美人室内赏盆花；十二月美人换深色冬装，伫立书房，书架上有卷轴、书函、砚箱、紫砂壶，十分雅洁。

如此精致的中国趣味，在日本画中不算主流。因为普通画家并没有那么多收藏，所谓的“没有见过好东西”，明治以后的日本画家更没有机会过眼那么多中国绘画。碗君也惊叹小蘋曾见过如许之多的中国画，可能与小蘋游历四方、转益多师、见多识广有关，也得益于野口家丰富的收藏与广阔的交游。小蘋画中有日本画中难得的读书人气质——她画中的许多书函，甚至都不是和刻本或日式装帧，而是中国原装的唐本。她在关西生活时，曾在京都学者小林卓斋门下学习经学，大概这也是她“读书人画风”的来源之一。

虽然她曾为皇室服务，但她笔下并没有太多“颂圣”或为国家宣传的痕迹，这与画过颂圣图的上村松园他们完全不同。昭和初期尚好，到战争年代，御用画家们都免不了留下应景之作。生于传统南画地位失堕的新旧时代之交，以至身后名气不显，固然是小蘋的某种“不走运”；但一生精研画艺，没有留下多少趋奉潮流的作品，又是她的幸运。

明治以后，是日本画、油画崛起的时代，风格与中国画很难区分的南画，被人遗忘也是必然。小蘋虽也画了不少和服美人、富士山等本土题材，但她的笔触、构图、款识、意境，则浸润中国趣味太深。日本画研究领域的学者，恐怕不容易对她做深刻的研究，非得是和她一样“见过好东西”、精通中国画史与近世东亚绘画交流的人才能胜任。希望小蘋的人生与作品能得到这样知己式的鉴识，而非仅将她视为“闺秀画家”，捧得再高，也不算尊重。

日前在东京的海老名书店（えびな書店）买得一函两册《小蘋印谱》，是小蕙在母亲去世后印行，部数估计不多。版心印“闲云野鹤草堂”，正是郑孝胥当年所见匾额的堂名。卷首题“春花万谷”，卷末有小蕙跋，因他处不常见，故抄录于下：

先妣小蘋先生下世未一岁，而其伪书赝画频频出于世，请鉴定及印影者，日夕麇至，烦不可言。京都芝田堂主人来谈，偶及此事，乃胥谋作印谱，以颁同好，兼资乎鉴识。而遗印二百余颗，今收其半，是皆生前所爱用也。大正丁巳（1917）秋日 不肖女郁谨跋。

钤“郁/印”（白）、“小/蕙”（朱）二印。芝田堂主人即芝田竹崖，其人事迹亦不显，应该也是南画界人士，似乎是画家田能村直入（1814—1907）的弟子，还编辑过赖山阳家藏印谱《赖家遗印》《池大雅先生荐事余光》等资料。

就在郑孝胥见到小蘋的前一年，驻日公使馆参赞陈明远任满归国，日人于芝公园内红叶馆设宴饯别，请小蘋作《红叶馆话别图》。陈明远刊刻《红叶馆话别图附留别诗》，卷首有石川鸿斋（英）、西岛梅所（醇）序，俞樾题字，之后翻刻小蘋画作，上有小蘋识语：“哲甫先生赞使我国六年，今任满将归。都下名流百余人饯饮芝山红叶馆，嘱此图以志鸿雪。庚寅（1890）仲冬日本女史野口小蘋。”

清末访日人士中，应该还有人接触过小蘋的笔墨，国内似乎也略见几件收藏。当时日本绘画界全然是男人的天下，而不论以何时的眼光来看，小蘋的画艺都不逊于任何活跃的南画家，但人们褒扬她的记录却如此之少。他日若有闲暇，应再做一番钩沉。尽管我知道，男人们对女人技艺才华的赞赏，向来少之又少，只愿特设“才女闺秀”的框架，说些无关紧要的谀辞。想到周作人的《女人的文章》，说“我们对于文章的要求，不问是女人或男人所写，同样的期待他有见识与性情，思想与风趣，至于艺术自然也是必要的条件”，“（陈尔士的文章）如收在普通文集中，当必无人注目，今乃特被重视，虽是尊重女子，实却近于不敬矣”，真是持平之论。只是周作人的性别观而今仍然难得，倒显得可悲了。

近日秋虎卷土重来，白昼闷热不堪，早晚尚有凉风，夜间又需睡竹席矣。趁秋分节放假，拉杂数纸奉上，盼你来信，祝一切都好。

松如

辛丑秋分

野口小蘋《万松仙馆图》

小蘋所绘美人图

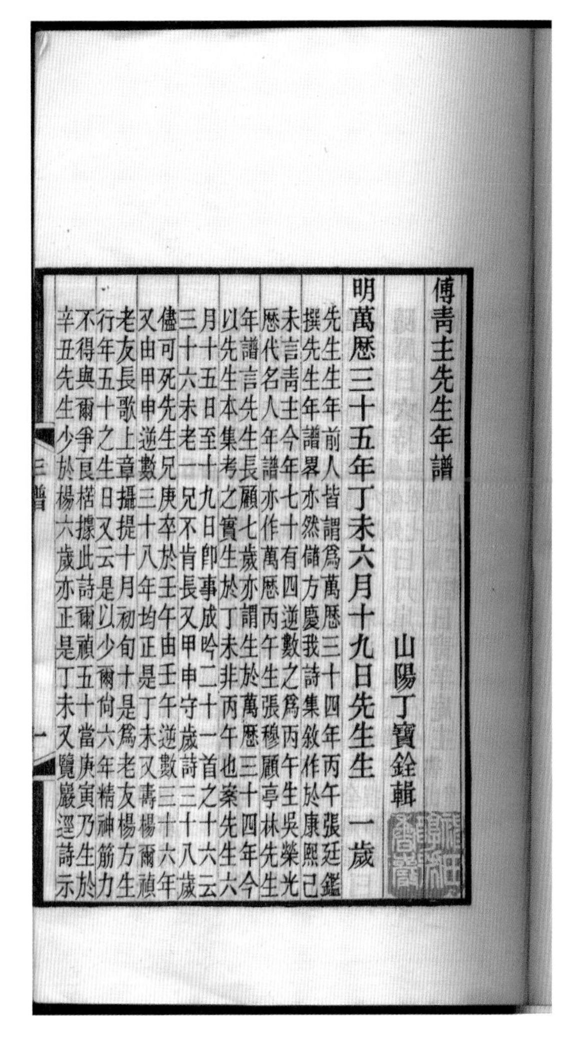
傅青主先生年譜

山陽丁寶銓輯

明萬歷三十五年丁未六月十九日先生生　一歲

先生生年前人皆謂爲萬歷三十四年丙午張廷鑑撰先生年譜畧亦然儲方慶我詩集敘作於康熙己未言青主今年七十有四逆數之爲丙午生吳榮光歷代名人年譜亦作萬歷丙午生張穆顧亭林先生年譜言先生長顧七歲亦謂生於萬歷三十四年今以先生本集考之實生於丁未非丙午也案先生六月十五日至十九日即事成吟二十一首之十六云三十六未老一兄不肯長又甲申守歲詩三十八歲儘可死先生兄庚卒於壬午由壬午逆數三十六年又由甲申逆數三十八年均正是丁未又壽楊爾禎老友長歌上章攝提十月初旬十是爲老友楊方生行年五十之生日又云是以少爾尚六年精神筋力不得與爾爭亘楛據此詩爾禎五十當庚寅乃生於辛丑先生少於楊六歲亦正是丁未又覽巖逕詩示

神田香岩旧藏《傅青主先生年谱》卷首，“神田 / 醇号 / 香岩”

医事琴书

嘉庐君：

见信好。

回信转眼又拖了一月，真对不住。今年这里桂花开得晚，十月里大概已开了两三回。这两天气温转暖，桂花又开了满枝。知恩寺的古本祭如期举行，是难得的连日晴天。阿弥陀殿前的榅桲树上结着澄黄的果实，风景如昔，可惜这几天都没空仔细逛书市。今天午后去转了一圈，因为看得匆忙，什么都没有买。近来倒是收到几种书店目录，将当中我觉得有意思的抄给你看。

先是《众星堂古书目录》，当中有不少中野康章（1874—1947）的旧藏。中野是秋田县人，出身神社世家，曾跟随浅田宗伯学习汉方医。宗伯去世后，中野曾于1898年跟随宗伯养子恭悦前往清国，为旧友疗病。回日本后，在大阪福岛村社中天神社担任主事，同时行医，在当地甚有名望。他爱好藏书，室名“大同药室”，藏书章多见“康章 / 珍藏”（白）、“康章 / 宝藏”（朱）、“大同药室”（朱）、“大同药室 / 图书之记”（朱）。也有“栗园 / 珍赏”（朱），是浅田宗伯的藏印。目录中有浅田的几种手稿，其中《栗园录稿并掌记》尤为可珍，钤有“子孙 / 永保”（朱）、“至宝”（朱）。内容为读书笔记和诗文杂稿，封面标注“二”，仅此一册，共 87 纸，不知全集在何处。目录公开了三纸半书影，有“多纪氏书画帖引”，云“余尝修丹波氏之传，未尝不称其人才之多，施誉于外邦也。迨近代多纪氏，以其远裔，医名籍籍，著述陆续，其人皆不堕先祖之业，可谓杏林之泰斗”。又有记足利地区旧事者，略窥鳞爪，真好奇全书内容。又有《读书漫录》一册，凡 199 纸。真柳诚早有《浅田宗伯の著作とその所在》（《浅田宗伯的著作及其所在》）一文，记录书目 123 种，其中东大有《栗园录稿并掌记》七册，《读书漫录》三册，不知有何异同。

前番去信，提及画人野口小蘋出席送别清国公使的饯别宴，并绘图纪念。而浅田恭悦也曾同席，并有和诗。中野既是名医宗伯的弟子，自然与当时在日本的清国人有往来。在网上找到一份去年拍卖的中野致清国公使馆翻译馆罗庚龄的书信草稿，只能看到第一页“大日本国秋田县士族中野康章再拜奉书。大清国钦差大臣通译官罗君庚龄（朱笔将‘君庚龄’改为‘先生’）阁下，康章闻士大夫相见，必有执贽之式，庶人有束脩之仪，以致其意，盖古之礼也。今康章虽士籍，世禄已绝，无以物以表其意，因缀芜词以陈微衷，伏愿阁下垂悯恕焉”云云，多为客套辞令，第一页最后一句是“弊邦四面环海，隔波涛……”，似乎要发表什么议论，未知后续如何。这件草稿在网上只拍出很低的价格，因为寄信和收信者都不有名。

1947 年，中野去世，医术无人继承，藏书亦不为人知。战后混乱的年代，无人关心地方上一位神官兼汉方医师的旧藏，人们以为藏书早已散佚。直到 1993 年，中野家继承者将要搬至别处，拆掉了中野康章的书库，并开始寻觅合适的收藏之所，世人才知晓大同药室旧藏保存完好。随后，岐阜县各务原市的内藤纪念药物博物馆购入这批藏书，整理工作到 2000 年才完成。2001 年发行《大同药室文库藏书目录》，其中不仅有大量医学类书籍，也有文学、宗教、书画类资料。当然其他图书馆也有不少大同药室文库旧藏，书市亦偶有邂逅。最近东京古典籍展观大入札会就有中野旧藏两种，其一为明刊《鼎刻京板太医院校正分类青囊药性赋》，又一为清抄本四种。

众星堂素来专精搜罗医学类典籍，此册中的大同药室旧藏相当醒目，像是比较完整地放出的一批书。这几年此地书市亦多见神田喜一郎旧藏，我也买了几种，其中松崎慊堂翻刻的足利学校藏八行本《尚书正义》就是在众星堂买得，这些年来头一回在古书店遇着此书，非常喜爱。

前面提到今年的古典籍展观大入札会，上周也收到了目录。有些想买其中的金阊书业堂本《花镜》，此书在日本传本甚多，研究积累也多。看书影似乎比较漫漶，这些稍微有些名气的书都是书商追逐的对象，价格必然不低，也不需要我动心。

佛教资料亦多，有一幅净琉璃寺捺印佛，是十二体一版的那种，共七十二体，不知会卖出什么价格。这些年见到的净琉璃寺佛纸越卖越贵，佛像数量从常见的整幅不断被切割，以致于小小的一尊也能卖得高价。

特别要与你说的是富冈铁斋旧藏《琴书幽兰谱》，源贞龙注解、手抄，想必你感兴趣。书函内有铁斋识语，“此书中所载之云间林有麟撰《青莲舫琴雅》，余未见之，以为憾也”云云。又有徂徕《琴调》写本一册，钤“兰口藏书”，可惜图片太小，看不清究竟是谁人旧藏。前些日翻《衎石斋记事稿》，读到《医略序》一篇，讲到钱仪吉族父钱一桂著述、事迹：“精音律，尝辑《双桥渔父琴谱》一卷，仪吉见而好之，请指授焉。先生曰：吾少缘善病，偶涉艺事，以养心耳，是不足学也。”《嘉兴府志》也著录了该琴谱，不知今在何所。

上周日去新修的京都市立美术馆看展，回来经过鲱鱼先生的旧书店，他还是老样子，瘦极了，一直抽烟，架上书纸都浸润了烟草气息。我挑了两册朝鲜史的研究书，心里很觉愉快。归途与那天夜里和你从平安神宫走到金戒光明寺、真如堂的路线相同，在半山远眺了辉煌又温柔的旧都黄昏。

这里已结束了反复的紧急事态，近来街中尤其热闹，只是还没有外国游客。不知故乡风景如何？夜里读母亲十月写的日记，记满芋头、本扁豆、洋扁豆、河虾、海蜇、黄鱼、鹅翅、盐水鸭，此地多数不常见。真想念芋艿烧扁豆，读清人诗文集，常看到歌咏紫扁豆的句子，惹我遐想。之前翻清代女性胡缘的《琴韵楼诗》，有几首立夏诗，虽是旧题，我却喜欢，选几首抄给你。其一是《椿芽》：

不信灵椿树，香生径寸尖。摘来先紫笋，漉处下红盐。木食风犹古，蔬茹味更兼。春盘亲撷赠，玉枝爱娇纤。

过去在北京，初春常能吃到香椿。盛夏在京郊的农家乐，也能吃到用冷冻香椿摊的蛋饼，或者裹面糊油炸的香椿鱼儿。以前跟你说过，曾在吉田山四处寻觅香椿树而未见，后来倒是在理学部植物园顺利找到几株巨大的香椿，只是“园内严禁采集标本”，我当然没有尝到。日人初春喜食蕨芽、蜂斗菜花苞、楤木芽之类，裹面油炸，或者做味噌汤，以为最得春之新味。而香椿在此地却不为人所知，是认为味道太刺激吗？毕竟他们连桂花也不太欣赏，认为那是卫生间芳香剂的气味，真是遗憾。不知近年的新移民能否将食香椿迎春的风气根植于此？这两三年日本非常流行“正宗中华料理”（ガチ中華），多是新移民带来，东京、大阪有不少。

又一首《茅针》：

归荑传沫土，情重美人贻。草草踏青日，蓬蓬春去时。乱抽芦笋短，嫩白柳绵披。为问红闺女，曾穿几缕丝。

诗虽普通，所咏之物却不落俗套。你吃过茅针吗？小时候在故乡，清明节上坟，曾跟堂兄在野地里拔过茅针，甜白湿润的一小段。年长后再没有吃过，现在已不太记得那可爱的滋味。还有一首《百草饼》：

陌上提筐去，非关斗草游。赭鞭尝不到，翠釜瀹来柔。汁腻初调粉，香清未着油。青精颜色好，比尔孰为优。

这是咏青团的诗，必是亲手煮过青汁、揉过米粉团的女性，才可能作出这样贴切写实的句子。胡缘年二十四而卒，只留下两卷诗，缀在前头的题词比原文分量还多。而就是薄薄的两卷诗，还是能让人窥见她的才华与兴趣。比如诗题“掇秋海棠入蜜”“捣桂花糖霜成饼”，又比如病后作家书，说“作书无别语，语语说平安”。因此偶然邂逅，格外珍惜。

昨天刚斥资网购了昂贵的莴笋——也是此地稀见的蔬菜，日人喜食生菜叶，而不知生菜的亲戚莴笋的茎也是佳蔬。这位菜园主人是日本女性，曾在上海工作九年，两年前大疫暴发，回到日本，发现很多中国常见的蔬菜这里都没有，比如莴笋。而在日华人群体不小，遂发现商机，开始专门栽培东瀛没有的中华蔬菜。她中文极好，建了微信群卖蔬菜，定期播报莴笋生长视频，以后将是多么生动的蔬菜交流史事。

夜已深，就先写到这里。祝你一切都好，盼你来信，想多听故乡的事。

松如

辛丑菊月廿七

神田喜一郎《鬯盦藏书绝句》，近年书市多见神田家旧藏

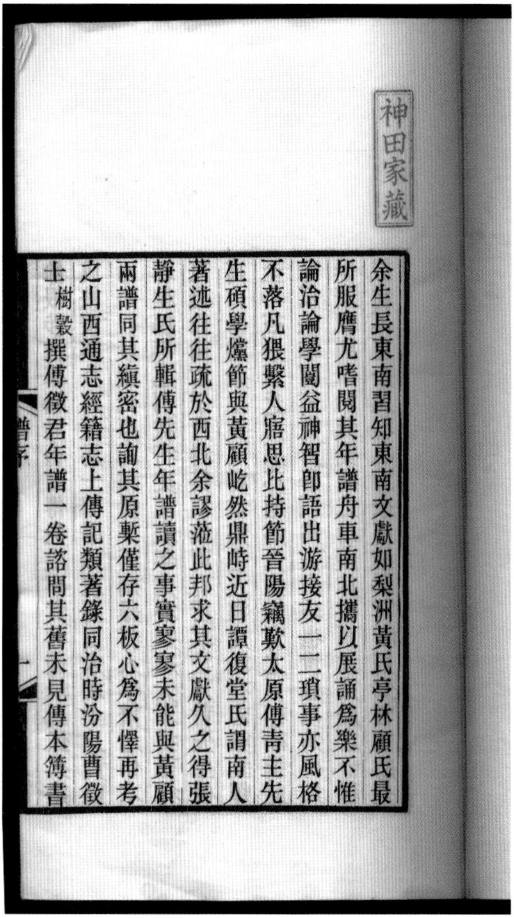

余生長東南習知東南文獻如梨洲黃氏亭林顧氏最所服膺尤嗜閱其年譜舟車南北攜以展誦爲樂不惟論治論學闓益神智卽語出游接友一二瑣事亦風格不落凡猥繫人寤思比持節晉陽竊歎太原傅青主先生碩學爣節與黃顧屹然鼎峙近日譚復堂氏謂南人著述往往疏於西北余謬蒞此邦求其文獻久之得張靜生氏所輯傅先生年譜讀之事實寥寥未能與黃顧兩譜同其縝密也詢其原槧僅存六板心爲不懌再考之山西通志經籍志上傳記類著錄同治時汾陽曹徵士樹穀撰傅徵君年譜一卷諮問其舊未見傳本簿書

神田香岩旧藏《傅青主先生年谱》之《序》首页

道中遥寄

嘉庐君：

见信好。

真感谢王先生的厚意，也代白小姐致谢忱。写字画画，一看小时候的培养，也赖年长后的从容心境。今年六月，我总算在陋室安置了稍宽展的工作台，想着应该练字，到底太忙，结果连砚台也没翻出来，更不用说画画儿了。

此刻又是在电车里给你回信，现在天还没有亮，正在去大阪上第一节课的路上。之前的网课再麻烦，好在不需要起早赶路。京都是闲静且适于养老的地方，在市区内住着没什么，去外地则不太方便。要说宜居，还是交通更便捷、生活设施更丰富的大阪好些。只是住惯了京都，很不容易离开。

十月之后，这里的生活大致恢复如前，红叶季已开始，博物馆忙着秋季展览，街上每天都热闹。商场里早早放出了圣诞树，催人整顿年末心绪。电车驶出丹波桥，就到了地面。木津川澄净的秋水中央露出几块洁白的小沙洲，植物从河滩上一直铺展到水边，颜色还是碧绿。有一团一团的银白，是沾了露水而垂下头的芒草花。大阪在京都的西南方向，因而太阳正从左手偏后方缓缓升起，辉煌又安宁的金色，右手边的群山被照亮，稍稍浮着水汽的天空映出薄薄的蓝色。山坳与平地上接连耸立起巍巍的电线塔，涂着朱红与白色。民居院落里最醒目的是柿树与橘树的果子。如果天天出门上课，可能也不觉新鲜，会像车上大多数上班族那样阖目休憩。而我就这样呆呆看了一路的风景。

京都与大阪之间有不少卫星城，上班族聚居于此，这些地方的车站总挤满了人。太阳已升得很高，车行至大阪境内，换了去鹤桥方向的 JR（日本铁道，Japan Railways），途经大阪城公园，极目处尽是各色秋树。鹤桥是韩裔聚集地，有韩国城，我经常路过，却总没空去逛。早上赶路去上课当然来不及，下午回去路上，已疲惫不堪，也绝无精力停留。远远看到鹤桥站附近林立的韩国烤肉店招牌，人群熙攘，自己不能过去闲逛，确实很遗憾。高岛屋地下商场偶尔有鹤桥的泡菜店出摊，味道很好。自从读了李敏金的小说《柏青哥》，凡遇到鹤桥泡菜，总会想起顺子的故事。不知你有没有读过这部小说？电视剧好像也快拍出来了。

从鹤桥站下来，还要换近铁线，才能抵达工作的大学。本地重要的铁路线有京阪、阪急、近铁、JR。JR 主要连接各大城市，像滋贺这种铁路线不太发达的地方，也基本靠 JR。京阪和阪急则是京都、大阪、神户等关西重要都市之间的联络通道。京阪线始发站在出町柳，阪急始发站在四条河原町，因而我总觉得京阪更亲民，阪急更有都市繁华之感。有一年夏天刮大台风，路线老旧的 JR 早早停运，车站滞留旅客甚众。人们纷纷转乘乘风破浪的京阪或阪急。至于近铁，即近畿铁道，连通近畿各大城市，线路似乎更多分布于奈良，因京阪神三地之间已有相当丰富的铁路线。

若从京都去奈良，坐 JR 固然可以，但最方便的还是近铁。从丹波桥站出发，一路南行，在大和西大寺换车往东，就到了奈良。若继续南行，就是野趣盎然的药师寺、飞鸟寺。若往西去，则是三重县地区。不过在关西人的地理观中，三重似乎被遗忘了，提起近畿，主要指京阪神与滋贺、和歌山地区，三重在经济上更接近名古屋工商业圈。至于名古屋人，则心理上更趋近东京，眼光一般不会投向西边。有意思的是，我也有强烈的“近畿”意识，最熟悉京都，对奈良、滋贺、和歌山怀着莫名的乡愁，认为西边的城市更亲切，哪怕远至九州，心理上也有某种亲近。而东行电车一出滋贺，好比进入了异国，用一位本地阿姨的话说：“关东的狗摇尾巴的幅度都不一样。”至于东北地区，更是从未去过。这种观念源于何处？大概是自然风土的潜移默化，地理决定了人群的分布，影响了历史的走向，从而塑造人们的地理观。

闲谈至此，目的地也快到了。信就写到这里，祝你一切都好。

松如

辛丑良月十八

近铁电车，从京都去奈良经常乘坐

奈良飞鸟寺的飞鸟大佛

插花意图

嘉庐君：

寒夜接信，欢喜如许。

十一月已至尾声，此刻仍在去大阪上课的途中。去年此时，经常在途中翻译良宽，近来在车里翻译的是石川老师的新著。这本书最近刚获了司马辽太郎奖，大家都很高兴。不过通勤的路途还是更适合译诗或写信，学术书的翻译进展很慢，不留神还要坐过站。

祝贺你得了好书，我这一向的确不怎么买，只在月初拍得中国书店影印的《钱氏四种》。钱坫的题目已经做完了，之前一度想买他一幅篆字，险些遇着疑似的赝品。金石书画的世界太深邃，我还是保持冷静为妙。这次遇到的影印本价格不高，没有多少人竞拍，想来是钱坫不够知名又是石印本的缘故。此前跟你说过，今年上半年，我终于在陋室买了桌椅，安置了工作用的显示屏，走出被炉，过起了地上生活。近来天气很冷，没有被炉的冬夜不太好过，但被炉小桌早已堆满书，只好想着日后搬家时再收拾。良宽和歌里说冬天住茅草屋，外面下了大雪，扫了落叶点火，只有薄僧衣穿。真难想象这怎么过冬，我夜里至少有电热毯。

上次信里说我网购了一箱莴笋，不料竟等了一个多月，昨天才收到，好比买期房。这莴笋的茎部很短，叶子茂密，更像生菜。据说这家农园的种子的确是从中国进口，不免有橘生淮北之叹。他们家的客人大多是中华料理店或物产店的主人，因而都是整箱起订。我一个人吃不完这么多，一早联系省吾，说要送些给他们吃。正好最近忙得都没有去真如堂，便背了一包莴笋出门，从吉田山的小道穿过去。

都说今年红叶胜于往年，山中浓淡点染，远处也一片斑斓。听到笃笃的响动，以为是竹木琅玕。再仔细看，原来是风起时，橡子雨点一般落在屋顶，又骨碌碌滚在石板地上。鸟快活极了，在林中呼朋引伴。山茶花与柊花到处开着，太阳升起来，空气泛着晶莹的露光。今年附近人家与寺院都爱种树大丽花，又叫帝王大丽花，非常高大的植株，十一二月开花，浅玫瑰色的花盘在晴朗的天空下十分醒目。真如堂门前派出警卫指引来客停车，果然是一年中最热闹的红叶季。我避开人群，直奔省吾家的花屋，与他们说了莴笋的吃法，推荐了几个美食视频，又匆忙回家。

昨天这里出了新闻，中止了月初刚刚开放的入境政策。自打看到南非新毒株的消息，就猜会有这样的变动，只是没想到这么快。也是新首相上台，得展现一些不同于前任的手段。安倍执政后期，人们最多诟病的就是新冠危机政策延宕低效，菅政府完全继承安倍的风格，毕竟是过渡时期的政权。

续写此信，已是十二月初，仍是上班途中。早上第一节课谁都不想上，只能留给年轻人，因而我很早起来。等公交车时，一位清晨起来散步的老人在站台的座位上休憩。上周也在这个时间遇到了他，他跟早早出来等车的人们说了“请加油！”就颤巍巍起身离开了。

暑假以来，又捡起很久以前稍微学过的插花，为的是找些研究之外怡养性情的爱好。也突发奇想去合气道教室体验了两回，意识到自己到底还是喜欢风雅的营生，便飞速逃离了尚武的世界。插花流派很多，我不喜欢最流行的池坊，因为宣传做得太好，会馆也富丽堂皇的样子，极雅而俗。从前学过一阵嵯峨御流，风格较为传统，经常会在寺院、御所的供花见到。不过这个流派也是近代之后才兴起，理论基础与文献整理工作似不太够。之前的老师是一位师兄，如今他已是某艺术大学的副教授，成了这个流派的学术顾问，写了不少关于花道的专栏，是这个圈子里难得的考据派。近来看到他一件新作，以枇杷花枝为素材，清俊典雅，是文人趣味，所配文章里谈到枇杷在东亚世界的文化意义，援引文献甚多。要知道日本这些传统艺术领域的人大多不读书，本国文献也不熟，更不用说中国的文献。这位老师自然早不开插花教室了，有点后悔以前没有好好学习。

现在跟的老师是一位同龄人，本地商家的小姐，性情开朗，花风华丽。其实京都流行的市民艺术一直极富装饰性，喜用金银色，喜欢热闹繁华，比如伊藤若冲的画，光琳设计的纹样。我喜欢的清寂离俗则深受中国文人趣味与佛教艺术的影响，实已远离日本的主流审美。我也很反感自己与人解释“这个在中国的传统艺术中也有”，因为并非刻意求古，在意所谓的正统。但又很难接受人们不读书，“如果不知道这个，多么可惜”。

若以后有了自己的院子，一定要多种些喜欢的植物，应季撷取花枝。插花最初的意图不也是如此吗？看到自然的植物还不够，想把它们带回家，想给它们新的姿态与生命。

写到这里，快要下车了。近来的信都很短，匆匆寄去，也盼你多写信来。

松如

辛丑冬月廿八

枇杷树在日本虽然随处可见，但却是不被重视的果树，
以枇杷花枝作花材，非熟悉中国传统的植物审美不可

林下水仙也开了

嘉庐君：

见信好。

此刻在摇晃的公交车内给你写信。上周有几天气温回升，空气潮润，仿佛秋初，远山氤着蒙蒙水汽，近处山中一株枫树颜色重叠，格外明丽动人。山中到处开着茶梅与柊花，林下水仙也开了。吉田山中的茶室外新换了青竹栏杆，与草珊瑚的鲜红果实相配，已有新年的意味。这两日终于降温，日夜刮大风，树叶纷飞的响动仿佛下雨。窗前的山桐子今年果实大减，鸟也不太来，一年光阴到此，流逝得真快。

今年年初，曾打算写博物学的题目，办了府立植物园的年卡，不料很快就因疫病形势严峻而闭园。后来重新开园，学校又太忙，至今总共只去了两回，计划中的持续记录与观察并未实现。南通

京都府立植物园的蜂斗菜

如今也有植物园，自然是大好的事。母亲与她的朋友好像常去，我在她日记里读到过。看她们的照片，曾觉得有些布展和摆设大俗，不过只要植物蓊郁葱茏，自然也会冲淡人工的做作。日本园艺界也有很多特俗的趣味，比如秋季的“菊人形”，以盛开的菊花叠出各种人物造型，又或者巨大的心形，总是大受欢迎。

我喜爱植物，最初来自母亲的影响。小时候非常喜欢看她的植物学教材与盆景杂志，每以记住一些拗口的植物名为乐。今后若有了院子，想多种些喜欢的植物，不知你旧家的小园经营得如何？我也很想种一株牡丹。

今年九月之后不再用微博，耳目清净了许多，实在有益身心。因而近来叠石桥的事件，我初时全然不知。听从周提起，我既不意外，也不为故乡出了这样的新闻而觉得格外耻辱。我们经历的新闻并不少，为何非要等上了所谓的热搜才大惊小怪起来？某处出现了不好的事，被别人说了，辩白一句“只是意外，也是有好人的”，则毫无意义。想来你与我感受相似，只是你身在其中，或者又有不同。不过感到耻辱总是好的，被外人看到了自己的短处，免去今后重蹈覆辙。仍在意别人的眼光，也可见我们的自信还没有膨胀到不可救药的地步。

续写此信，是两日后清晨的通勤途中。比平常早十分钟出门，天还没有亮。行至木津川，东面天上微露绯红轻紫的曙色，汀渚水雾缭绕，这幽寂的瞬间，我第一次见到。行在途中，最喜欢观察偶遇的河川。搭阪急会路过桂川，搭京阪则路过淀川与木津川。桂川也很美，近来芦苇枯白，常有鹭鸟伫立其中。不过搭阪急总在正午时分，天光大亮，不似朦胧幻梦的晨昏那般如在画中。

下周过后就要冬假了，身心早开始预演休息的节奏。我一向避世，离热闹很远，你可以放心。只是时近岁末，非常想出去旅行。往年总在冬天频繁去韩国，以至于北风起来，就开始想念暖烘烘的地炕、甘甜的浊酒、肖似我国北方的山肌与松林、烤肉架下橘红的炭火。大概在京都待得太久，早失了旅人心境，唯独去外地和陌生的异国才觉得轻松。真想在韩国待上一年半载，但愿那样的机会到来前，我的韩语能稍稍利索些。

然而岁末年初恐怕很忙，旅行很不现实。二三月学校放假，倒是很想去长崎看看。还想去一趟神户，市立中央图书馆有吉川文库，吉川幸次郎比较有价值的旧藏都在那里。我查到吉川文库旧藏的一种《听松楼遗稿》，说卷末附有钱仪吉诗歌，此前所用网上公开的中山大学藏本并没有这部分（《清代闺秀集丛刊》收入的版本卷末有附入），颇想看个究竟。很想好好做一番陈尔士、钱仪吉的题目，奈何钱家很多资料都藏于南图或上图，这两处非得去馆内才能看，眼下隔绝的情形，自然不可能看到，昨天还看到上图避疫闭馆的消息。近来国图公开了很多资料，令人感激。其他图书馆若也能如此，那该多么好，付费也非常乐意。也想去看看他们曾经生活过的浙北，虽然亲去了也未必能找出什么文献；

但若不亲眼见了那里的天色，落笔总有不安。张爱玲说她作小说不会虚构，非要亲眼见了某地风景才能写。我虽不是写小说，心情倒是一样，光凭照片与地图完全不能满足。不可再说了，因为又开始想念故乡。

已快到站，我先写到这里。又是一封短信，我回得快，也盼你多多来信。

松如

辛丑冬至前五日

学者旧藏

嘉庐君：

展信平安。

前日下班途中听说你身体抱恙，很是担忧。如今年轻人流行养生，所以你不用担心充足的休憩消磨了青年气质。说来我早已不能带夜，加之有早上第一节课，需要很早出门，有时夜里八九点就睡下了。当然也是因为我远离主流时间规则的束缚，无视深夜发来的工作邮件。我们对未来的世界都很好奇，因而务请善加珍摄，从容见证。

两周前从大阪回来的路上，碰巧遇到临川书店的小型书市。这两年停办的时候不少，就算偶尔开市，也不一定有空去。书摊上见到不少基督教研究资料，是之前秋之古本祭上也遇到过的同志社杉井六郎的旧藏。杉井是京大文学部史学科出身，高中时参加过学徒出阵，因此后来的研究始终贯彻反战立场，主要关心基督教历史及海外移民问题。2011 年去世，藏书是这几年才散出。心中虽道搬家在即，不能买书，但还是挑了三五本。遇到书市怎能空手归去？

上周收到临川书店寄来的最新目录，又见中野康章旧藏。有一件《伤寒兼变正杂方证一览》，以线图说明伤寒诸证对应方剂，条理极清晰。不知传统医学领域这类大幅图表是否常见，今后应加留意。还有一种荷兰字母入门学习的抄本，曰《兰音假字格》。识语作于文政五年，即道光二年（1822），其云“近世虽出种种教兰字读法之书，然初学者苦于领悟，故今别建立易于领悟之捷径法”，这种对西洋文字、学问的关心，的确与同时期我国的学术风气大不同。也收到琳琅阁本年最后一期目录，仍有若干神田家旧藏，如《明史例案》《琅琊代醉编》《发墨守疏证》之类。还有钤“萩园文库”者，如民国十九年辽宁通志馆刊《满洲实录》、和刻本《安南志略》等，为蒙古史学者和田清（1890—1963）旧藏。和田清出身东京帝国大学史学科，与池田宏、加藤繁同为昭和前期东大东洋史专业的核心学者。1929 年后多次往中国东北地区进行调查，参与撰述《满鲜地理历史研究报告》。日本东洋史学界对《满洲实录》关注很早，内藤湖南曾计划拍摄、出版全卷，而实际的复制工作在 1936 年才完成，共印刷 300 部。辽宁通志馆影印本刊于 1930 年，但删去了满蒙文。后此本收入北平国学文库，仅取汉文铅印，删去绘画。朝鲜史学者今西龙之子、满学研究者今西春秋曾将满文版《满洲实录》译成日文，于1936年出版油印本《满和对译满洲实录》，并在1938年出版修订本，海内外学者最多使用的是这个版本的《满洲实录》。

近年本地书市旧藏主要来自这几家：神田喜一郎、中野康章、户川芳郎。不过我最近关注的重点基本用不到这几家的资料，而都在国内，且集中于上海图书馆和南京图书馆。国图资料的电子化进展很可喜，不知其他图书馆要等到何时。短期内也不能回去查资料，就算人在北京，眼下情形，去上海也不一定方便。我以为如今正是推进电子化的好时机——肯定大家都这么想，只是什么时候能实现呢？

走笔至此，已至夜中，我也应谨守早休息的诺言。本周四还有三节课，之后就可以放冬假，一直到年后的1月10日。今天是冬至，我既未吃饺子，也无暇觅汤圆。下班路过高岛屋，买了紫菜饭卷与韩式炸鸡回家吃，也算过了节。不知你那边如何？盼多多来信，祝一切都好。

松如

辛丑冬至

昔年歌舞

嘉庐君：

见信好。

新年快乐！转眼两周假期已至尾声，近日友人说我精神甚佳，大不同于平时，问我有什么好事。我答只是因为放冬假，非常愉悦，可见工作戕害身心。年末那几日极冷，下了几场大雪。三十一号黄昏久违地去滋贺友人家过年，因为要处理积压的事务，第二天下午就早早赶回了京都。

回家当天夜里，收到了你要的那册1958年查阜西访日演出节目单，与旁人寄来的贺年片一起。小册子是正红封面，点缀描金凤凰牡丹纹样。封面内粘贴有演出当日的票根，“1958年4月26日午后6时 / 名古屋市公会堂”，剪纸风格的红地白纹。另夹有一张黄纸节目单，一张中国歌舞团赴日演出广告。封底还粘了剪报，1958年4月27日《朝日新闻》的评论，《充盈着现代性感觉：快乐的“中国歌舞团”》。当中有提到：“查阜西老人的七弦琴独奏在日本一定会被称为非物质文化遗产，带我们领略了幽玄的世界，仿佛闻见古代中国的气息。”

20世纪50年代至60年代，中日两国虽无正式国交，但民间贸易与文化交流仍然比较活跃。比如1955年10月，市川猿之助率领日本歌舞伎剧团受邀访问中国，参加国庆招待演出。1956年，梅兰芳率领中国京剧团赴日，这是他第三次，也是时隔三十多年再到日本，当时在日本引发了新一番梅兰芳热潮。1958年这次公演是每日新闻社邀请的，小册子内有详细的演员表，介绍团长是吕骥，古典音乐顾问是查阜西。女演员们大多穿旗袍领上衣，不少都烫发，“去古未远”，很美丽。一眼看到了舞蹈演员资华筠，也就是资中筠先生的二妹，从小学过钢琴芭蕾，那时才二十岁出头。还有张光宇的女儿张宜秋，是资华筠的好友和搭档。声乐组有一位谢桂芬，眉目极清秀，查了一下是四川新津人，女高音歌唱家。

团里有好几位朝鲜族舞者，朴光淑、安胜子、裴京子、李淑子，而节目单上正有一个朝鲜扇舞。我国的朝鲜舞人才培养与崔承喜关系很深，1951年，中央戏剧学院成立了崔承喜舞蹈研究班，专为培养中朝舞蹈专门人才。同年上海的文娱出版社还出了一册传记——《朝鲜舞蹈家崔承喜》，卷首小照下有她的话：“每

崔承喜朝鲜舞

一个爱国的朝鲜人民，将永不忘记中国人民这种伟大的战斗的友谊。”“没有祖国，就不会有艺术。”

崔承喜的老师是日本舞蹈家石井漠，在日本非常出名。崔承喜有“半岛舞姬”之誉，川端康成极喜欢她：“我可以毫不犹豫地回答，崔承喜就是日本最出色的。”“西洋舞蹈方面，日本第一人即崔承喜。”20世纪30年代，她在世界各地巡演，很得好评，也曾来过中国，是当时日本有意打出的文化招牌，论者称她兼具“日本的色、中国的形、朝鲜的线”，实属意淫。

她在20世纪40年代初曾暂居北平，进行了诸多舞蹈实践，与梅兰芳等京剧名伶也有不少交往。1945年春，她第二次来到上海，与梅兰芳有一场对谈。同年4月9日，与张爱玲等上海女性作家在华懋饭店也有过一场聚谈，访谈人是鲁风：

> 在三号室的洋台边，几位女作家中最先到的是关露小姐，她穿着淡黄色旗袍。其次是崔承喜女士和她的女弟子，崔穿着玉色西服，法国式头巾。后来王渊小姐也来了，一身鲜艳的苹果绿旗袍，她一来便带着充满愉快的声音用英语和崔交谈。不久潘柳黛女士穿孔雀蓝衣服和肥硕的身子在门口出现，她比婚前更显得怕羞似的。来得最迟的是张爱玲小姐，她的衣服更是充满了古典味的彩色感，于是这里成了色彩的总汇，张小姐来时，会已开始了。（洛川《崔承喜二次来沪记》，《杂志》第15卷第2期，1945年）

这篇侧记显示，最热情的要数王渊，潘柳黛只有一句话：“我对跳舞一道完全是外行，不敢谈什么。”迟到的张爱玲“穿着桃红色的软缎旗袍，外罩古青铜色背心，缎子绣花鞋，长发披肩，眼镜里的眸子，一如她的人一般沉静。她老注意着崔承喜，有时竟像没有听见人家说话，她好像要从崔承喜的脸上找出艺术的趣味来”。她也只有一句话被记录下来：

> 我觉得在文学上，我们也必须先研究西洋的，撷其精华，才能创进。舞踊音乐亦正如此。

张爱玲之前就看过崔的舞蹈，但似乎未在文章里提过，想来那样的舞蹈风格可能并不能激发她的审美兴趣——所以她只静静看崔承喜的脸。这些都是张爱玲研究中早已谈过的片段，我便不多抄书了。还是说回崔承喜，她战后前往平壤，1951 年至 1952 年，又来到中国，指导了不少学生。后来她与家人在朝鲜下落不明，据说在 1969 年去世。因为她战前在日本非常活跃，据说韩国左派团体将她收入了《亲日人名辞典》。但她战后举家赴北，仅评价为“亲日”也很不妥。至少在那本中文传记里，她对日本帝国主义表示了明确的愤慨。

2019 年末在首尔仁寺洞旧书店通文馆，店内有崔承喜的大幅照片，有一位路过的欧美客人被吸引，问她是谁。店主说是著名的朝鲜舞蹈家崔承喜，“战后去了北边，在北边去世了”，很惋

崔承喜与梅兰芳，1943年，上海

荀慧生、李少春、李世芳、姜妙香、李万春（后排从右至左）
童芷苓、尚小云、崔承喜、言慧珠（前排从右至左），北京饭店，1943年

崔承喜穿时装喝咖啡图，对面坐着的是穿传统韩服、剪摩登短发的女子

惜的口吻。颇见韩国社会对崔承喜的多元评价，以及崔承喜的美貌何等醒目。她有一张在京城朝鲜饭店门口喝咖啡的照片，摄于1940年，穿着非常摩登，坐在她对面的是一位穿韩服的女子。这张照片在日本颇有知名度，通常用来说明殖民时期朝鲜的摩登风情。前几年 Misuzu 书房[1]出版的《京城摩登：从消费、劳动、女性看殖民地近代》（京城のモダンガール：消費·労働·女性からみた植民地近代）封面就用了这帧照片。

我国朝鲜舞与崔承喜舞蹈的风格之间曾有明确的继承关系，也曾受苏联的影响，包括服装、化妆都出于同一系统。日本国内亲近朝鲜的朝鲜学校内亦保留了这种风格的舞蹈，叫作“朝鲜舞踊”。去年十一月，银阁寺附近的朝鲜中学校庆，与师兄一起去参观，看到了学生们的舞蹈，水平很高，感染力极强。在日朝鲜人群体一直受到种种歧视与损害，很晚才有资格参加全日本高中生艺术、体育类大赛，因而格外珍惜参赛机会，同时也为了说明自己的能力绝不输于日本学生，有强烈的为祖国争光的意识。

而另一方面，韩国今日的传统舞蹈与之有不小的区别。韩国在1948年成立了国立国乐院，比起新编，更重继承。这种倾向在进入21世纪后更为明确，光从韩服样式与素材的复古也可以看出来，因而韩国与朝鲜的传统服饰及艺术特色的差距越来越大。我国汉服这几年也有明显的崇古倾向，并非追求历史时期的久远，

---

1 Misuzu 书房：日本出版社“みすず書房”，旧名“美篶書房”。

而是遵照存世实物严格复原，包括面料和各种装饰品，以及人物的行动举止。

你放在我这里的书，我一直担心找不到。能邮寄回去当然好，但多么希望像那年夏天，你和璐姊一起来我家，看完书再带走。不知还要等几年？前几天看到张继青去世的新闻，深觉寂寞。凡觉思乡或眷恋故土的时候，就会去听昆曲，抚平了许多心绪。总觉得德高望重的老艺术家都很长寿，谁想到告别这般突然。去年在B站关注了一个北京小姑娘，自学昆曲，模仿张继青，很有天分。网友们经常感叹，要是能被张继青老师收作徒弟该多好。然而这期待已不可能。小姑娘最近唱了一曲《离魂》里的《集贤宾》，也是大家最多用来纪念张继青的曲子，“人去难逢……心坎里别是一般疼痛”。

再说回1958年的那场赴日表演，演出结束后不久，长崎发生了日本右翼团体损毁中国国旗的事件，两国关系顿时陷入紧张，民间经济、文化交流亦急速降温，之后彼此断绝两年多。如此看来，这风雨来袭前的小册子更显难得。此刻夜已深，明日还要上课，差不多就写到这里。盼多来信，愿你一切都好。

松如

辛丑腊月初七

舞后崔承喜的抱負

——融合中日韓三國舞蹈 創辦北京舞蹈學校

耀玲

《舞后崔承喜的抱负——融合中日韩三国舞蹈创办北京舞蹈学校》（附照片）耀玲

《妇女杂志》（北京）1945年第6卷 第1期

今天是公休日，天气非常好，
山树梢头摇动着无数闪烁的薄银片，
梅花已陆续开了，鸟也唱着快活的歌，
想去山中散会儿步，这就打算出发。

壬寅年 二〇二二

偶见家山

嘉庐君：

赶在正月半之前回信，遥祝新春吉祥，百事如意。不知你们的春节如何度过，故乡近日可有什么新鲜的风景或人事？总听你提起新开辟的植物园，很觉向往。等我日后回去时，草木不知是怎样的繁盛。

我在此地不过节，好在学校已陆续放假，不需早起，心情畅快，趁此机会还文债。初一至初七一鼓作气，考证了拖延很久的钱仪吉致弟泰吉书信。原文早已整理出来，只是信中有不少人名未经查考。虽说与我现在关心的题目没有太大关系，不考证也不影响结论；但考证不是结果，只是必经的过程，不探索一番，总是不甘。因而连日翻家谱和诗文集，倒比看档案手稿轻松许多，近乎游乐。零星发给你古琴片段，就是途中的随手采撷。这过程中遇到一位去过南通旅行的浙江人——活跃于嘉道年间的学者、词人冯登府。他是嘉兴人，与钱仪吉同龄，不过中进士要比钱晚十八年，到官三日即遭父忧，服阕后以知县用，选授福建将乐县。不足三月，以母病乞休致，离闽还浙，就近在宁波府学担任教授。虽是冷官，却可以专心著述，这与在海宁担任训导、潜心治学的钱泰吉经历颇相似，而他们确实也有不少来往。道光中期，客居开封的钱仪吉与泰吉往来的书信中，偶尔会提到冯登府，可知他们也有交流。

道光二年（1822），在故乡刚刚守完制的冯登府开始出门见客，偶尔放舟访梅，饮酒作诗。中秋以后，看来是寒冷的日子，他从常熟的福山口渡海来到南通，有诗《自福山口渡海舟中望紫琅山怀古作》（《小檇李亭诗录》卷一，道光六年刊）：

东随烟雾极苍茫，浩荡乘风万里长。天外寒潮生暮雨，山巅断塔露斜阳。云霞古洞留丹井，烽火中原冷战场。怀古不堪寻浩劫，乾坤何处问沧桑。

接下来是《琅山谒骆右丞墓》：

僧帽儒衣托隐沦，晚逃白学住祇园。一抔荒土三唐重，万古诗名四杰尊。海日天风应入梦，春潮细雨正当门。山阿寂寞秋坟唱，赋罢荆招欲断魂。

还有《访诗人刘南庐墓》：

紫琅岩畔小停车，墓傍宾王断碣斜。白发盈头僧乞食，青山万里客无家。提壶替酹生前酒，埋插仍栽去后花。难得袁丝怀旧雨，几行老泪洒天涯。

下注“随园前辈有诗”，说的是袁枚的《过诗人刘南庐墓下作》：“衰年旧雨意难忘，凭吊诗人到紫琅。”从前江南人到江北旅行，通常会经镇江往扬州，绕道来南通访古的似乎不多，因而特地抄给你看，也存敝帚自珍之意。

这不是他第一次来南通，嘉庆二十三年（1818）夏秋之间，三十六岁的冯登府北上应顺天乡试，九月十九日喜闻捷音，中了第七十一名。《石经阁诗略》卷三《北游前草》里收入四首与南通有关的诗，依次抄录云：

自福山口渡海

三山欲拥去，骇浪相低昂。挂席自兹远，高歌入大荒。寒潮狼屿白，落日萤帆黄。放眼非尘世，乾坤极莽苍。

如皋道中

寒塘潮落露圆沙，秋草才黄一路斜。蟹堁芦锥来往熟，满船多贩木棉花。

桃花米熟粒粒红，雨花菜肥比晚菘。沽取木瓜新酒贱，醉眠不怕过江风。

任家口乘小车至通州作

羊头车小一肩担，雾縠霜花晓气含。曾记卢沟风铎里，又驮残梦到江南。

如皋晤朱八丈留饮即赠

江湖老去朱矜石，一别秦邮又七年。白发朋尊仍健在，青溪晚计转萧然。秋风细话归田录，寒雨欣成剪烛缘。但觉心情叹迟暮，乱山魂梦绕南天。（丈室人殁于滇南，柩未得归）

这次来通依然在冬天，是他中举之后，仍是从常熟福山口出发，诗题虽称“渡海”，但准确讲是渡江。可能在他眼中，接近入海口处的浩浩江面已算大海。此行目的地应该是如皋，第二首诗中提到的木棉花、桃花米、雨花菜、木瓜酒，是他北行途中所见风物，虽都不算我乡独有，但满船木棉花最是江乡特色，读着很有竹枝词的趣味。木瓜酒我是第一次知道，你喝过吗？光听名字，似乎味道不错——多年前对北京的莲花白感兴趣，去京郊玩特意买了尝一尝，才知道还是名字最好。冯登府大约是过江后换乘小船，行至任家口子再换乘独轮小车“羊头车”至通州。不知他在通州有何安排，但知他去如皋是为拜访画家朱鹤年。朱鹤年字野云，号野堂，泰州人，曾侨寓都门，鬻画为生，与京中名流多有交往，钱仪吉的诗集与书信中也有他偶尔登场。

我在故乡生活的时间不长，所谓一市六县有大半没去过。因而在书卷中遇到与家山有关的零星片段，感受总是很朦胧，不能不说是一种遗憾。真想效仿冯登府的旅行路线，在江南江北漫行一番，好让我朦胧的印象有更清晰的轮廓。

信写到这里，大概要收尾了。今天是公休日，天气非常好，山树梢头摇动着无数闪烁的薄银片，梅花已陆续开了，鸟也唱着快活的歌，想去山中散会儿步，这就打算出发。盼你多写信来，祝你健康快乐。

松如

壬寅新正十一

梅花渐至盛时

白河东岸

嘉庐君：

展信平安。

一个多月不回信，当时以为足够糟糕的世界又添了不少新事，真让人不知该作何评论，而时间的长河照常向前流去。母亲发来家中植物的照片，物候照例比此地稍早些，非常想念故乡的三月。你信上说吃药的事，很让人担心，不知近来情况如何？药量还是应该遵医嘱，不宜擅自改动，此外就是多多休息，劳累是万病之源。钉钉打卡的可怕，早听从周说过。现代社会试图捆绑、掠夺人的每一分时间，有时用可厌的工作，有时则是诱惑的娱乐。

我近来的大事就是搬家，这比想象中更花力气，如果从打包开始算，已足足忙了整月。好在许多事情虽然繁琐，但总有解决的方法。日本独居的人很多，有许多付费服务都是针对独居用户，或特别针对单身女性用户。经常能看到这样的广告：“一个人搬家感到头疼的时候，请找我们！单身女性也可以信赖的安心服务。”新居离旧居不远，在白川东岸、哲学之道以西，是我熟悉的区域。但搬过去之后一切还是得重新学习——垃圾回收在何时何地，附近有什么超市，公交站台在何处。你看，只是如此近距离的搬迁，已经让我百般踌躇。

三月初搬来，上架书籍花了一周时间。觉得太累时，就网购一种植物作为安慰。目前已种下柠檬、樱桃、石榴、山绣球、山芍药等等，光是罗列名字就足够喜悦。这两天樱桃树开花了，惹我不时去院中端详。还想买一株牡丹——记得你的造园计划里也有它，不过狭窄的小院已没有多少空间，或许可以试试盆栽。

这两日终于陆续备齐家具，如碗柜、卧具之类的大型物件都在无印良品购买，因为他们有付费上门安装的服务，否则我一个人绝对应付不了。书桌有点难办，店里常见的尺寸都很小，似乎是少年儿童专用。又或是办公室常见的那种傻大类型，配着抽屉柜子，实在不美。日本居室面积不大，大桌子不常见。以前读三浦紫苑的随笔，她有一部以林业为背景的小说《哪啊哪啊神去村》，曾去采访三重县尾鹫市的林业工作者，并得到了他们赠送的一张扁柏（桧）木桌：

从事林业工作的人们，在险峻的山坡斜面上修整树

白川里饮水的白鹡鸰

木。种下预见未来百年的树苗，除草、剪枝，守护树木的生长。于是，终于培育出可以加工成用品的树木，装点、支持了我们的生活。静静抚摸柏木桌，有时感觉凉凉的，好像要把手吸过去似的；有时感觉温暖又光滑。镌刻的年轮微微泛着轻粉色，没有一个是相同的，都是天然的样子。曾经在山中经历风雨而成长的树木，做成桌子后，依然对湿度、温度有反应，一直悄悄地呼吸着。种植这株扁柏的人，或许已不在这世上。培植这株树木要花那么多时间。而多亏了在山中工作的那么多人的照顾，种下后经历了几十年，它变成了桌子，来到了我跟前。

她的这张桌子应该是整块板材做成的，日语叫“无垢材”。扁柏在日本是非常受欢迎的建筑、家具木材，有令人沉静的香气，只是硬度稍不足，所以三浦后文说自己在桌上留下了写字的痕迹。我对这段文字印象很深，因而也想买一张“无垢材”做成的桌子。网上找了很久，发现一家价格很合适的店铺，样式也简洁，整块木材加铁制桌脚，但得自己组装。快递寄来了巨大的包裹，说明书讲“务必三人以上同时操作，切忌一人行动”。我只有默念“独立女性无所不能”，穷尽巧力蛮力，横竖折腾一个多钟头，总算大功告成，此刻总算能够坐在这宽阔的大桌前给你回信。下次你和璐姊来时，就可以在这张桌子上翻书了。不过我没有买到扁柏，因为网店没有合适的尺寸，最后选了硬度较高且价格稍廉的进口橡木。

日本如今的木材自给率大约在35%，此外都靠进口。最大的原木进口国是美国、加拿大，从中国主要进口合成板材，碎木料则主要从越南进口——这些知识是最近买桌子才学到的。日本林业从业者严重不足，政府一直试图通过振兴林业来恢复山村的生机，拉动经济，2009年定下了十年后木材自给率达到五成的目标，看来实现有点难度。可见《哪啊哪啊神去村》是紧贴时事的作品，也拍了电影，不知你有没有看过，那时日本电影还没有现在这么糟糕。

从前住在北白川附近，如今搬到白川以东，或许可自署“白河东岸”。日文中“白河”也写作“白川”，京都之外还有不少地方的河流叫这个名字。白川发源于比叡山以南、志贺越的山中村，汇集东山如意岳、白川山的溪水，一路蜿蜒南下。比叡山中多产花岗岩，是自古有名的石材，溪水里留下崩落的碎石，经年累月，形成洁白的细砂，因有此名。

白川清浅，无法行船，人们寻常谈及“白川”或“白河”，更多指河流沿岸的区域。日文中有熟语“白河夜船”，亦写作“白川夜船”，说古时有人假装自己去过都城，旁人问，白川那边怎么样？此人以为白川是条大河，遂答夜晚乘船路过，熟睡不知风景如何，由此暴露自己并没有去过京都。后来这个词便用来形容不懂装懂，又或指沉酣大睡。曾见治疗睡眠呼吸暂停症的医院用“白河夜船”指称夜中异常的鼾声，很别致的隐语。吉本芭娜娜

白川沿岸

写过小说《白河夜船》，情节早已模糊，只记得缥缈惆怅的气息。这些年一直生活在作为地名的白川一带，如今又住在作为河流的白川岸边，它于我而言，的确是可以行船的大河了。

这次搬家，收拾出大量囤积的信笺与明信片，很想用掉。但近来邮路似乎格外不畅，上周用 EMS 给从周寄文件，九天过后仍无动静。此地老一辈学者、作家喜欢写明信片，就如发短信一样频繁，也是因为收寄可靠，轻易不会浮沉。你放在我这里的资料，看来还是再等一阵寄出为妥。夜已深，先写到这里，盼多来信，祝一切都好。四月开学前能收到你的来信吗？

松如

壬寅春分

遗民阅报

嘉庐君：

见信好。

窗外新绿的树丛里传来黄莺婉转清越的歌声，令人心驰，昔人谓此曰《法华经》。江户时代本草学家人见必大（1642？—1701）著《本朝食鉴》称，“立春前后有声，季秋无声，其声清高圆滑，曲节而多啭，飞啼则急而长。俗称日月星，或苔藤，或宝法华经，此皆据声调而言”。“日月星”日语读作“hitsukihosi”，“苔藤”是“kokefuji”，“宝法华经”是“hohokekyo”，都是日人对黄莺啼声的拟音，其中又以“法华经”最为人熟知。小林一茶也有句云：“如今世上的鸟儿，竟也会念《法华经》。”有趣的是书中还说：“关西之莺者音清而和，关东之莺者音浊而严，是有其理，人物亦然矣。”

早就想给你回信，却一味拖延，因为提笔总无言以对，没有什么合适的安慰。前几天读到本地报纸上一位大学生的投稿，说此时此刻世界上居然正在发生战争，自己既不想在网络平台跟着转发一些人云亦云的表态，也无法安心沉默，内心总被无力感与自责感折磨。该怎么办好？他决定留下自己的记录——“如果这些记录可以留给后来的人看。”我对这一切也不感到意外，但还是觉得自己之前怀着的很多希望都显得过于乐观。

搬家转眼已有两月，回家路上有一段起伏的长巷，正迎着大文字山，两边人家门前植物纷错，道路尽头的青山仿佛近在咫尺。满目柔绿中点缀着几团如雾如纱的紫色与白色，大概是山藤和四照花。想到清人黄彭年日记，同治十一年三月十四日，“春花怒放，乡思转深”。走在这段路上，呼吸的节奏会格外平缓，好像自己就住在那美丽的山树山花中似的。万树新枝轻轻摇动，柔金的阳光涂满群山，单是描述这一切，就无端令我感到辜负春景的惭愧。

我家没有电视，为了掌握本地社会、生活的更多信息，近来决定订阅一份报纸。当然更直接的启发是偶尔看到了图书室保存的前代学者留下的旧剪报——纸张还是比网页可靠一些，总想起张爱玲晚年那张举着金日成死去当日的报纸的照片。这些年日本的报刊行业也严重衰退，电车里很少有人看报，无论老少都捧着手机。这里也有本地报纸，《京都新闻》，当年古书店那本书出版，还有记者来采访，文章刊在晚报（夕刊）上。此外就是《朝日》《读卖》《每日》《产经》《日经》这五家大报。在下决定之前，先选了《京都新闻》和《朝日》为期半个月的试阅版。几天下来就清楚感受到两种报纸的差别，本地报纸当然有更丰富的本地新闻，但时评、报道的水平显然不如《朝日》，因此我很大可能会订《朝日》。旧报纸还可以拿来练字，如果我足够勤劳的话。

这学期一周有三天要起早出门上课，始发站有座位，刚好可以看报纸。早班车内绝大多数是男人，在同一节车厢很容易遇到脸熟的乘客。有一位衣装精致的白发老人总拿一本数独册做题；一位中年人格外迷恋玩消消乐，一落座就拼命戳手机屏幕；还有青年单手持电脑，争分夺秒做表格。我掏出报纸，最近头版一般都是俄乌战况，下方是历史久远的社评专栏“天声人语”，凝练的几百字短文，经常被当作初高中生的阅读理解题，学生们也会拿来当范文。上周这里的大新闻是吉野家常务董事伊东正明侮辱女性的言论，我看了报纸才知道。这位常务被早稻田大学请去上面向大众的付费课程，学费很不便宜。谁知他在第一节课上就大谈“少女牛肉饭中毒战略”，宣称要让“刚从乡下进城，还分不清左右的年轻姑娘在还是纯洁处女的时候中毒般地迷上牛肉饭”，在场学生无不惊呆，很快就上了热搜，这在日本叫“炎上”。社评云：“刚做记者那会儿，外派美国、香港时也常去吉野家。宣传语说‘美味、便宜、迅捷’，正是记者的好朋友。这番暴言，让多年来的老粉丝都不想再去了。”但“天声人语”自1904年开设专栏以来，撰稿人都是男性。早期是多人执笔，战后是一人担纲。当年内藤湖南在大阪朝日新闻社工作时，就是“天声人语”的作者之一。好像从来没有人对此提出异议，仿佛社评就应该是男人写似的，日本实在是过于讲究各司其职的国度。

吉野家反应还算迅速，很快宣布撤销伊东正明一切职务。但事后切割顶多算狼狈救火，年轻人不那么容易买账。说来还是日本的男人一向被捧着，生活太舒心，很不解怎么网民这么不宽容，纷纷呼吁牛肉饭并没有错，不要一棍子打翻整个品牌。

此前在别国早已席卷的“我也是”风潮，最近总算在日本燃起了几簇火焰。先是电影界的女性演员站出来指明业内欺压女性的导演，接着文学界也陆续有新爆料，可惜站出来的个体有很强的“孤岛感”，很难连成整体，似乎并没有很大的反响。我怀疑自己的感受有偏差，与本地友人谈起来，一位曾经在影视界工作过的朋友说，小圈子内不仅性别问题严重，上级对下属的剥削、打压也非常普遍：“工会太弱势了，没有工会怎么行呢？年轻人就是奴隶！”这位朋友开了一间旧书店，离我新家很近，休息日经常去店里闲逛。透过架上的书籍主题，很容易看清他的取向：左翼运动、平民饮食、少数族裔、被歧视群体……他也经常主动聊起这些话题，仿佛是为架上的书籍作注。

前几天在电车里翻报纸时，偶然瞥见窗外巨大的广告灯箱，写着“遗民之味”几个大字——心里一动。再一看，其实是“道民”，

“北海道住民”的意思，是一家北海道餐馆。记下这一瞬的错眼恍惚，供你一笑。

听说前日上海风雨大作，故乡一切都好？此刻这里也是狂风暴雨，昨天刚在小院里种下的丝瓜种子可能已被冲跑。时候已不早，先写到这里，盼你时常来信。

松如
桐月廿六

断续新篇

嘉庐君：

见信好。

最初写此信，是三周前从滋贺回京都的电车里，当时窗外是连绵的刚莳秧的水田，小小的秧苗茸茸一片，非常可爱。记忆里故乡的秧苗栽下去时好像要更大一些，不知你有没有印象？第二次打开文档，是从京都去滋贺的JR电车里。仍是大晴天，水田里的秧苗长大了不少，麦田已是成熟的金黄。三周前想跟你说的有关这次封锁的种种，似乎已不必说。两个多月，不长不短的一场梦，我当然忘不掉，但也只是徒劳地记着而已。从周五月下旬已在家隔离完毕，正式开始了语言学校的读书生活。他习惯了北京阔大的地理空间，总觉得京都市内去哪里都很方便，一辆自行车就足够。希望他保持这种新鲜感——尽管到目前为止，他连离家几步之遥的哲学之道也没去过。

四五月最是兵荒马乱，植物和人都忙着复苏和迎春，自杀率竟尤其高——有人受不了这种反衬自己迟滞不前的热闹。前几周去滋贺上课的路上，经常遇到列车急停，便是沿线某站有人自杀。通报当然会用隐语，“人身事故”，或者“人与列车发生了接触”。京都滋贺之间只有 JR，列车班次少，某站有事故，则全线暂停，车里的人只有等待。

京都去大阪沿途多是住宅区、厂房，谈不上有多少风景。而去滋贺途中则是绵延的群山与田野，仿佛旅行。要先从家附近坐公交车到京都站，再搭快车去往目的地彦根，全程两个多小时。早高峰的京都站非常拥挤，下一站山科也是交通枢纽，会涌进更多的人。而车过草津站，人就下去了大半。草津是滋贺第二大城市，在京都都市圈内，企业很多，京都人喜欢在这里买房。早上坐这趟车的上班族大多在草津工作，继续往下走就是纯粹的农村。草津在古代也是交通要地，是东海道与中山道的交会之处。关东的群马县也有一个叫草津的地方，那里是温泉胜地。据说有不少人错把滋贺的草津当成温泉乡，来了之后问温泉在哪里，一看地图才知道隔了四百公里。滋贺的草津市政府趁机打出新的宣传语，说我们虽然没有温泉，但我们有琵琶湖。

滋贺的牛肉也很有名，最近看纪录片才知道，明治开国后，滋贺商人在东京发现外国人都喜欢吃牛肉，心想以后这会不会成为新的流行。赶紧回故乡，到处跟农民购买已不能耕田的老牛，凑齐几十头后又将老牛们沿中山道迢迢赶去东京。老牛翻山越岭，步行到东京被宰杀切薄片，和砂糖、酱油一起做了寿喜锅。这果然是有前途的生意，滋贺商人们很快赚了大钱，吃牛肉的风气也与脱亚入欧的口号一起席卷全境。

滋贺古代叫近江国，因此滋贺商人自古被称为近江商人或江州商人，是日本三大商人之一，名气相当于徽商晋商之于我国。“近江”这个地名又可以写作“淡海”，即淡水湖之意，指的是琵琶湖。不过琵琶湖这个汉字名确立较晚，一般认为是中世之后文人们出于汉文趣味的称呼，在高处俯瞰湖水，仿佛一把琵琶，又附会出由天女留下之类的传说。古代日本的中心在奈良，中央政权眼中“淡海”的琵琶湖比较近，远一点的还有静冈的浜名湖，于是逐渐出现了“近淡海”和“远淡海”的称呼，最终演变为更简洁的双字词，即“近江”和“远江”。

这封信写得断断续续，第三次打开文档，又迁延了一周。前些天的新闻已成旧闻，眼下仍有无数的新事发生，真让人无从评论，只觉疲惫。从周的手机每天还能收到北京敦促做核酸检测的短信，他的自行车也从北京顺利寄到了这里。十多年前他从广东到北京工作，也把自行车寄到了北京，不过没几天就被偷走了，京城给他的小小的见面礼。他很快买了新车和大锁，去哪儿都把车轮牢牢锁住，以为万无一失。有一回把车锁在三联书店附近的石墩子上，出来时发现没有上锁的前轮竟不翼而飞。他对车真是不离不弃，扛着剩下的车身和独轮走了回家，后来又给车配了一个新轮。很多年过去了，一想起他这段遭遇，我还是忍不住要笑。后来他不再把车锁在外面，去哪儿都拎到室内锁着，这辆车总算陪他过了很久，如今又漂海至此，是他患难与共的好伙伴。此外寄来的就是书，你的《近世古琴逸话》的几个版本也已运到，暂把它们放在子部，和正仓院图录做邻居，希望你喜欢。

此地今日入梅，山原清润，稻田弥望，若没有工作折磨，这一切就更美妙了。电车里写信，节奏仓促，零碎不成篇章。马上就要到站，匆忙在此收束，盼你来信，下次一定在书桌前回一封长的。

松如

皋月十六

初夏滋贺乡村的稻田

琴台邂逅

嘉庐君：

此刻窗外细雨潺潺，还有一个多钟头就要上网课。上周本地经历了连日近四十摄氏度的高温，刚刚宣布出梅。昨天终于开始下雨，好像梅雨重来。转眼搬到新家已近半年，从周到此也有一个多月，眼下终于习惯家里多了一个人。上周一去姬路的兵库县立大学上了一节“特殊讲义”，命题是本地历史中的国际交流。我想拣自己喜欢的书籍史讲，但查起来发现姬路藩过去印的书很少，最有名的是藩校好古堂翻刻的味经堂刊严粲《诗辑》，这才想到去找找跟姬路有点渊源的学者文集。

姬路藩历代藩主几经易姓，变动频仍，直到1749年酒井忠恭入封，才进入了比较稳定的时期。酒井家统治姬路直至幕末，始终效忠德川幕府。在明治初年旧幕府军与新政府军发起的伏见鸟羽之战中，姬路藩军属于旧幕府军阵营，负责压阵。但还没来得及上战场，旧幕府军就已大败。被目为“朝敌”的姬路藩不久向明治政府宣布投降，交还领地与兵权。就这样，姬路藩成了姬路县，再往后并入兵库县，保留姬路市的行政区划。

1903 年张謇赴日调查实业，曾关注过姬路的盐业，归途特地从神户搭火车至姬路，“复至五良右卫门町访改良盐釜人井上总兵卫及大野町铸釜人尾上久三郎”，详记盐釜尺寸、工价、出品成色等项。井上总兵卫是日本盐业史上留下名字的人物，开发改良了熬盐的铁釜，当时称为“井上式”。尾上久三郎是姬路的铸造名家，神户宝积山能福寺巨大的佛像就出于他之手——现存的这尊是三十年前新铸，从前的那尊则在太平洋战争末期被拆掉，当金属被国家回收掉了。张謇在姬路留宿一晚，住在“堀田旅馆”，这家旅馆今亦不存，据说当年在姬路站附近。

这是我第二次去姬路，之前是 2016 年夏末跟研究室的同学去小豆岛合宿，回来时绕道去姬路。那也是酷暑天，一行人从姬路港登岸，搭公交车去看刚刚结束大修的、白得耀眼的姬路城。刚刚想起，2013 年初春，也在信里跟你提过这“白鹭之城”，当时觉得大修遥遥无期，不知什么时候才能登城，一晃竟过去这么多年。

找文集用的是笨办法，先看藩学都请过哪些老师，有名的赖山阳已有很多人提过，不太容易有新材料。就这样遇到了一个叫

日本国立公文书馆藏姬路藩藩校翻刻味经堂本《诗辑》封面

诸葛琴台的学者，他生在18世纪中后期至19世纪初，故乡在栃木县的那须町，曾任日光轮王寺宫侍读，后来做过姬路藩的儒臣。他名字叫蠡，字君测，精通度量衡，琴台是他的号。国立国会图书馆有他的诗文集抄本，先是翻到三首《月下弹琴》，还不能确定是不是古琴。读到给你的那首《中秋后一夕，听杉本樗园弹琴于成岛邦之宅，有此寄》，方知不差。我也翻到了岸边先生书中记录樗园的条目，原来樗园是幕府侍医，曾被派去陪侍到轮王寺出家的公澄法亲王，那么与担任侍读的琴台必然相识。“唯凭高阁临流水，几曲清音入月光”，不知道琴台自己会不会弹琴？国立国会图书馆有《樗园诗稿》，只有二十多纸，可惜未见有与琴台往来的句子。又见一首《夏日弹琴得十二文》：“独蹲床下操南薰，绿树风来暑气分。无那钟期舍吾去，高山流水好谁闻。”看来他应该会弹琴。

他有几首诗咏本土风物，水平如何且不论，好在纯粹写实，比如《过炙鳗铺》，讲烤鳗鱼：

众鱼潜椭桶，炭火总如丹。割借屠龙巧，炙从摇扇干。灌酱甘若蜜，涨腻臭如丹。客有秦人嗜，相携与我餐。

又如《雨中杜若》，不是“山中人兮芳杜若”的杜若，而是一种鸢尾，日本又叫燕子花：

池头杜若秀，雨发数千茎。素缟穿银缕，紫罗包水晶。夺冬花故艳，抽绿叶犹倾。繁露珠先散，微风香自生。草舍染霞色，水似浣纱清。已掠齐侯袂，翻存燕子名。在郎叹旅服，屈子寄离情。漫欲沾裳折，山鹃骇耳鸣。

“在郎”即平安时代的贵族在原业平，他在旅中留下过一首著名的《燕子花》，与屈原《九歌》的典故相对，虽然所指不是同一种植物，但毕竟同名，倒也精致。生于栃木的儒者，果然去过足利学校，有一首《观足利旧学》，可惜不见提一句山井鼎：

南乐人文盛，东毛校学存。相传野篁氏，夙入圣人门。流落三迁日，经营六艺园。子衿新钻仰，壁水辟乾坤。浸匮箕裘业，谁探洙泗源。纵吾为木铎，难使泮宫繁。

有一首《送清贾客发长崎浦归南京》，末句云“请卿回国能相诰，邹鲁文章在大东”，虽不知前后语境，但这种文化自信的确从十八世纪起就屡见于日人文章。

诗文集里有不少奉和姬路藩三代藩主酒井忠道的诗，忠道长于诗文，亦擅书法，有文集存世。一番搜寻，总算有了讲义的内容。早听说现在日本大学生对这些话题没什么兴趣，总嫌汉字太多，好在事实上没有睡倒一大片。

学校附近有一座天台宗寺院，曰书写山圆教寺，很多电影都在那里取过景，一直想去看看。然而次日有课，只得匆忙搭新干线回京都。暮色如海水一般涨起来，天地都在无穷的水蓝色里。山边一点璀璨的余晖，映在水镜一样的农田中。邻座一位老奶奶很自然地开始闲谈，说自己从九州乡下来，在大分换了一趟车，现在是去大阪看孩子，已经三年没见了。自己出生在濑户内海的一座小岛上，远远地嫁到九州乡下去，如今故乡的方言都不大会讲了。“哦！大阪快到了，我先下车，谢谢你听我唠叨这些。祝你开心！”我喜欢这番突如其来的话，让我尝到了久违的旅行的滋味。

写完这封信，中间隔了网课和午后的工作，此刻暮色沉落，雨已停了，又一天将要过去。先写到这里，什么时候能收到回信呢？

松如

荷月初六

教师节日

嘉庐君：

太久没有写信，如今秋天已经来了。昨天黄昏去花市，想寻盆菊、秋海棠之类，却都没有。店里应季的只有胡枝子和龙胆，桔梗和茉莉也还开着，让我觉得还能在夏天的气氛里再徘徊一阵。

从前在国内，九月是新学期开始，紧接着是教师节。我中学在母亲工作的学校念，那三年都和她一起住校，回想起来竟是二十年前的事了。那是一座镇上的中学，当年还没有“小镇做题家”之类的名词，生活安闲而愉快，也不以贫乏为艰苦。教师节当天，学校工会少不了安排活动，老师也会收到学生的卡片，母亲很快乐。我们住的宿舍是教学楼前的一长排旧平房，离大街不远，南侧紧邻医院，西面是一条长河，岸边夹种着桃树、水杉，春天也有可爱的景色。那时母亲很忙碌，很少有空做饭，早上在附近吃馄饨或汤包，午饭吃学校食堂，留一些晚上吃。周五晚上回祖父母家，周日夜里回学校。祖父偶尔来看我们，会带来现成的煮好的食物。

我们的娱乐很少，晚饭后有时在校内小卖部的阿姨家看会儿电视。那时在播动画片《西游记》，“白龙马，蹄儿朝西，驮着唐三藏，跟着仨徒弟”，孩子们无不喜欢。此外多数时候，都跟母亲在灯光笼罩的小方桌下对坐看书。图书馆库存非常有限，我和母亲连琼瑶的小说都大致看完了。母亲在这点上很宽容，对这类言情小说并未表示特别的警惕。自己要买书，只能去金沙的新华书店，或者南通书城。在现当代文学书架，翻了很多王安忆、苏童、毕飞宇，也买了不少，我那时已有所谓的文学梦，母亲还为我订了《收获》《小说月报》之类的文学期刊，当时觉得很神圣。最沉迷高阳的“红楼梦断”系列，三联2001版，封面有山水画。在书店匆匆翻了《秣陵春》的一部分，想求母亲买。但四大册的定价，对那时的母亲来说是不小的支出，终究没好意思开口。直到高中时才买下，但后来已不觉得十分好，写的什么都记不清了。有时父亲会从北方邮寄整箱书回来，不知是他从哪家书店订购的。比如人民文学社的“名著名译插图本”，真是豪华的礼物。母亲更希望我多看其中的西方名著，但我印象最深的却是丰子恺译的《源氏物语》，可见因缘早定。那时你的文艺生活是怎样的？我则要到读大学之后，才觉悟自己从前读了这么多趣味平庸的书。

常见的蓝紫色桔梗

白桔梗

母亲退休已有好几年。在乡镇生源锐减的困境里，那所中学暂时还没有面临拆并的命运。因此每到教师节，母亲仍能收到工会的问候。但这个节日已不属于她，学校给退休教师安排的是重阳节。也是你问起来我才意识到，日本没有法定的教师节，只有民间的“教师节普及委员会”，努力宣传，试图将联合国教科文组织和国际劳工组织发起的“世界教师日”（10 月 5 日）定为日本的教师节。

近代以来，日本基础教育大兴，有许多师范学校。但如今，日本小中高教师人手不足，教师负担过重，已成为严重的社会问题。原因是学生减少，财源匮乏，地方学校无力正式聘用教师，过度依赖短期聘用的教师。短期聘用的教师待遇很低，不能保证长期工作，导致很多年轻人不愿意当教师，候补人才不足，又加速了行业的恶性循环。时不时能看到新闻说，某地教师加班过多，身心难以支撑，把地方教委告上法庭。少子化、老龄化是日本社会的两大难题，昨天刚有新闻，日本今年上半年新生儿人数又创新低。教师的处境只会更艰难，看来更没有创设教师节的必要了。基础教育如此，高等教育的情况也不难想象。不过我没有什么惋惜和哀叹。

前月收到友人译的武田百合子《日日杂记》，理想国做的小册，很趁手，内容也清通，近来在国内似乎很受欢迎，你应该也知道。“公园西侧的树林里有几棵高大的刺槐树，无风，花却如雪片般落下。白色花瓣粘在路面。花蕊漂满了水洼。”“京都的街市铺展在下方，在密林那边若隐若现。瓦屋顶像聚集的鱼群。其间偶有几处闪着暗淡的光，是流淌的河。”日本现在仍有出版在世作家日记的风气，纸页间摇落斑驳的碎金。书简集也常见，因为这里尚有手写书信和明信片的传统。很久没回北京，总赶不上读国内新出的书。网店有些书可用转运寄来，邮费还算好，但时间很不确定。一直很想读《漫长的余生》，下单将近一月，仍无动静，难免远远落后于你们的阅读节奏，也意识到电子书的好处。先写到这里，盼你多来信，尤其想听故乡的事和你的近况。

松如
壬寅桂月初五

草花游戏

嘉庐君：

转眼从周到此已有四月，近山楼的生活可称安闲。八月初我放暑假，本周已开学，赶紧给你回一封信。今夏此地亦极热，有一阵夜里也有三十多摄氏度，实在难挨。家里最凉快的是晒不到太阳的小客厅，最热的几天晚上干脆把草席挪到那里，不敢睡晒得烘热的卧室。身边好几位师友去北海道避暑，我虽心动，但因忙于杂务，到底没有远行度假，只在奈良、京都府北部转了一圈。盛夏实在不适合外出，可惜宜人的好季节又不得不工作。

从周在此一切都好，此前在北京独居时因饮食不当导致的过劳肥已成功减去，他自己也甚为满意。假期我们请了两拨客人来家里吃饭，由从周做最简单的中国家常菜。凉拌黄瓜、蒸茄子、青椒肉丝、回锅肉、扇贝粉丝、山药排骨汤这些，从周负责掌勺，得到一致好评。因为本地友人在店里常吃的中华料理和我们的家常菜完全是两回事，我们调料用得很克制，也不勾芡，对他们而言极感新鲜。平常多半也是从周做菜，他有耐心，愿意为日常饮食付出刀功，不像我总是胡乱凑合。可惜我不能为他提供外语环境，他的口语进步似乎较缓。我好几次问他想不想念北京，具体又想念什么。他思索半天，竟说最想念的是炸酱面。

“没有别的了？”我追问。

“茄丁面也行。”

足见他昔日在北京的生活何等简朴，说到这里，我也突然很想吃扁豆焖面。前些日看张律导演的《漫长的告白》，听了片中人物说的字正腔圆的北京话，从周倒说“久违了”。我们从前买了“北京古籍丛书”之类北京史料掌故，他搬家时全部寄来，有时翻翻，也足够回味。毕竟他在北京是完全的外地人，户口也没有，自知没有怀旧的资格。

他喜欢拍照，上下学路上随手拍。有一次我们去鹤桥韩国城，他拍街景，却没留意到远处有一位本地壮汉，似乎大白天喝醉了酒，穿着绣了大虎头的黑夹克，说着电影里才能听到的、咕噜咕噜带卷舌音的腔调，摇摇晃晃上前质问他“拍什么拍”。我也没见过这阵势，只好牵着他连连道歉，一面伺机撤退。不料对方兴致很好，直追了半条街，还好他的同伴最终把他拽住了，也朝我们躬身不止。又过了几天，从周在京都的商店街拍照，看到对面来了位骑车的少年，吸取教训，赶紧收起相机。不料那少年竟停下车，双手比出“V”字，笑眯眯，专门给他拍。从周回家后连连感叹可爱极了，前后一惊一喜，让他在这里的体验更丰富。这样的故事想必有很多，可惜他话少，也不大愿意写出来，你可以多问问他。

近来我主要调查吴其濬和《植物名实图考》，所得大多只是零星线索。刚刚在国图数字图书馆民国文献中翻到一册宗亮晨编译的《植物小玩具》，商务印书馆1937年出版，内容非常有趣。抄一段前言：

> 我们看，那些野草闲花，不是都很美丽动人么？那些大大小小的果实，不是很有趣可爱么？这些，都是我们做玩具的好材料，本书里所述，就都是用这些自然界中的自然物，来做成各种有趣的玩具，收集材料和制作方法，都很简便。

宗亮晨出身宜兴美樨宗氏，父宗楚箴，有子女七人，亮晨排行第六。长兄道铸，辛亥革命时在乡里创办小学；次兄亮寰，考入苏州第一师范，毕业后被聘为苏州一师附属小学美工教师，编辑《小学形象艺术教科书》，后被商务聘为编译所教科书编辑。20世纪40年代在上海创办主营小学教科书的基本书局。宗亮晨也创作了许多儿童文学，想来是受到二哥影响，后来似举家移居重庆，住在七星岗。

鲁迅与周作人很早就对儿童的玩具非常关心，认为玩具是儿童教育的重要器材，也愿意借儿童的眼睛为儿童作诗，《植物小玩具》大概是接受了这样的思想而诞生的产物。书里介绍了74种简易的玩具做法，取材不外乎柳条、笋壳、紫云英、茼蒿花、豆荚、茄子、麦秆、西瓜皮、莲梗、慈姑等等。有一种我觉得最新鲜，取卷丹百合的一枚花瓣做花豹的身子，用花柱做豹的足，而百合科确实还有豹子花属呢。这些都是南方常见的植物，我也不陌生。当中有麦秆做的口笛，我小时候也做过，碧绿的麦秆有甜甜的滋味。但凡植物有细长的管状部分，皆可做口笛，比如紫茉莉的花摘下来衔在嘴里，也可发出不太尖锐的闷响。最近，院子里的紫茉莉开花了，从周看到，也是伸手摘一朵衔着吹。我问他："你小时候也这么玩？"他说当然。可见这种游戏的普遍与简单。不过，此书既然叫"编译"，那么必有所本，书中写到的花冠、面具、菖蒲叶做的宝剑、橡子陀螺之类，在明治以来日本编纂的儿童游戏书中都很常见，有些现在仍是幼儿园学前教育中亲近自然的重要内容，叫"草花游戏"（草花遊び）。

冬春之间，常在寺院石台的角落见到花叶做的小人偶。大约有两类，一类是用山茶花苞做人偶的头部，在外面一层一层包裹上山茶树叶做十二单；一类是用蒲公英花取代山茶花苞，衣裙则用羊蹄草的叶子。都是就地取材，又十分别致，深富本土趣味。

被卷丹百合做的豹子吸引，2023 年春天种了一株

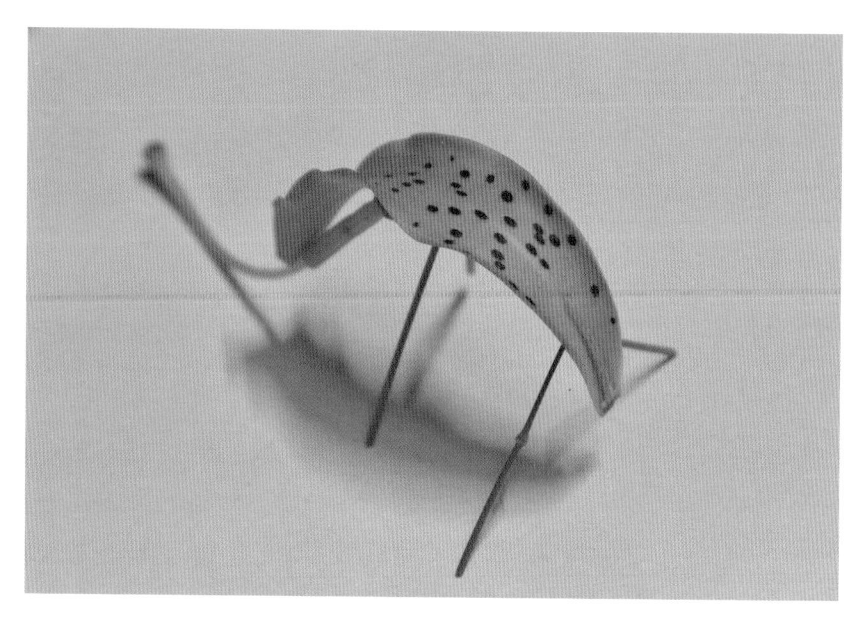

梅雨时节，卷丹花开，果然做成了一只小小的花豹

想起高凤翰的《小娃诗》，周作人说“这几首诗的好坏是别一问题，总之是很难得的”，钟叔河为周作人《儿童杂事诗》作笺释时也引过：

> 姊妹南园戏不归，喁喁小语坐花围。平分一段芭蕉叶，剪碎春云学制衣。

所摹情形如在目前，十分温柔可爱。末句脱胎于“剪尽春云作舞衣”，但格调全与原句不同。这样低放的视角与对植物天真烂漫的赞美，让我想到英国19世纪浪漫主义时期乡村诗人约翰·克莱尔（1793—1864）的诗。之前在理查德·梅比（Richard Mabey）的《杂草的故事》（*Weeds*，陈曦译）里读到他的长诗《童年》中的一段，很觉难忘：

锦葵的种子做奶酪	The mallow seed became a cheese.
天仙子做长条的面包	The henbanes loaves of bread.
牛蒡叶子是我们的桌布	A burdock leaf our table-cloth
铺在我们的石头桌子上	on a table-stone was spread.
爬在篱笆上的旋花	The bindweed flower that climbs the hedge
就当作我们的酒杯	made us a drinking-glass.
我们用这夏日之草	And there we spread our merry feast

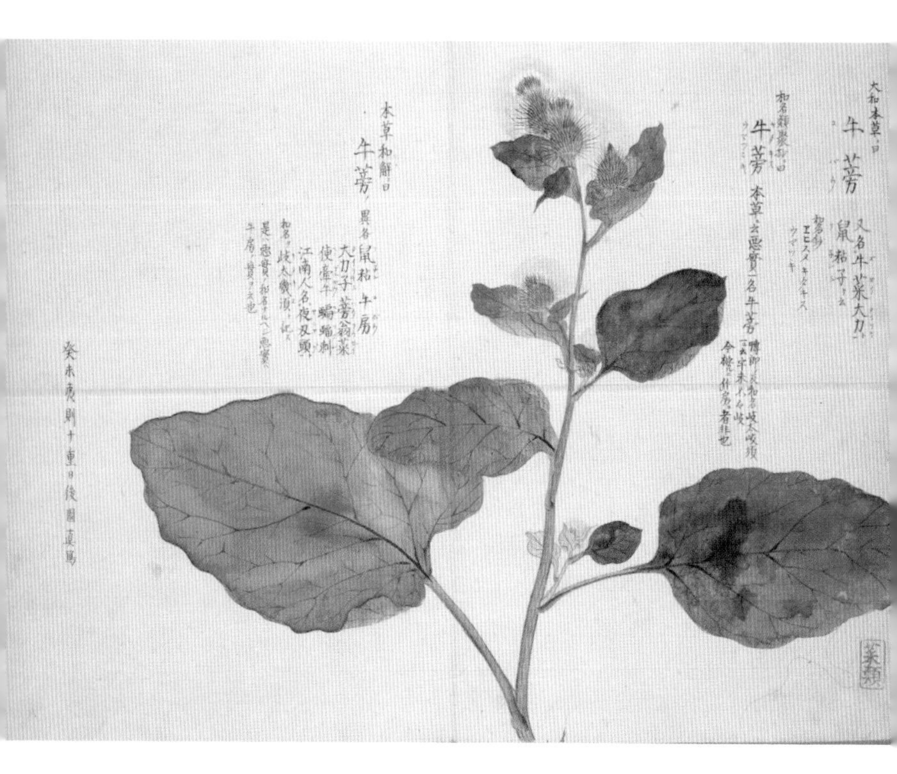

日本国立国会图书馆藏毛利梅园绘《梅园草木花谱》秋之部牛蒡，有宽大的叶片

开一场快乐的宴会　　upon the summer grass.

这里的mallow不是我国常见的、《诗经》所云“视尔如荍”的锦葵（Malva cathayensis），而是欧锦葵（Malva sylvestris Linn）。早在公元前三世纪，希腊医生就将欧锦葵视为一种重要的健康食材，奥古斯都时期的诗人贺拉斯曾说过，“于我，橄榄、菊苣、欧锦葵是营养之源”。现在很多地方还会拿锦葵叶做凉拌菜或煮菜，希腊有一道“锦葵叶包饭”（stuffed mallow leaves），用欧锦葵叶包裹拌入各种馅料的生米，卷成细条码在大锅里加调味汤汁煮熟，蘸希腊酸奶吃，不知味道如何。欧锦葵果子是很小的扁圆形，有坚果香气，像微型奶酪轮，因此西人常将锦葵种子与奶酪相提并论。克莱尔还有一首《童年》，也提到这几种植物：“墙上的蜜蜂，整天绕着蓟、天仙子和锦葵飞舞。”好像只看到克莱尔零星几首中文译诗，不知会不会有人翻译全本？王敖译过海伦·文德勒一篇《绿色的词语：约翰·克莱尔》，极好。

我幼时也有几种常做的草花游戏，其一是待荠菜结出许多心形的种荚，小心撕开，不使细茎断裂，令种荚盈盈垂挂一串，随后双手掌心相对，搓动茎秆，小绿心哗啦啦如微型拨浪鼓，在小儿听来十分轻盈悦耳；其二是抽取结穗的狗尾巴草，将狗尾处弯折，令之下垂，再把木槿花之类的整朵穿过草茎，罩在毛茸茸的狗尾上，像一盏小提灯；其三是梅雨的晚上，将萤火虫塞进栀子花苞，挂在帐子里，欣赏一点幽香和微光，当时竟不觉得残忍。至于用芦苇叶、葱兰叶、柳条编出更精巧的玩意，则需要稍微高端的技术。读《红楼梦》，很佩服莺儿编了送给黛玉的柳条花篮儿，“挽翠披金，采了许多的嫩条”，“一行走一行编花篮，随路见花便采一二枝”，从前应该也模仿过，只是不记得自己有编出漂亮花篮的本事。我父亲和他的三兄，即我的三伯父，说是手都很巧，会用竹篾、彩纸做风筝和花灯。记得我幼时曾得到过一只彩纸兔灯，非常喜欢，长大后就没有了。市上卖的多数粗笨，配色也拙劣，当年也没人觉得父亲他们的巧手有特殊的价值。近年传统文化复兴，这些旧的玩具与技巧被人们记起，在各种汉服视频里频频登场，固然很妙。只不过，特意演出来的游戏和自然地玩着的游戏之间，尚有一定距离。

回忆往事，一不留神话就多。你小时候会玩这些植物吗？从周说他从前喜欢把狗尾巴草的穗子放在掌心里，手指微动，穗子扑扑动起来，像小动物；还有一种在我看来很新奇的玩法，折一枚茅草长叶，在叶片根部剥出叶脉，以一手食指置于叶脉之下与剥离叶脉的两侧叶片之上，另一手捏住这两侧叶片，迅速向后拉拽，叶脉会朝前飞出云云，我都是头一次听说。而我玩过的那些游戏，他也一概表示陌生。

松如

壬寅桂月十八

岁岁平安

念念平安

嘉庐君：

见信好。

秋已渐深，白天还算温暖，入夜气温骤降，风也很冷。本周一，远在北京的猫咪金泽平安来到京都，此刻正在屋内踱步，真有些不可思议。我非常喜爱猫，此时只恨自己不会写诗。而猫诗又非真正爱猫养猫的人作不可，否则多是无趣的陈词堆砌。偶尔读到乾嘉间丹徒女子鲍之芬《三秀斋诗钞》里一首《咏梨花猫》，生动灵巧，应该是真正养过猫，抄给你看：

> 金铃来往解人呼，爱傍衣襟作暖嘘。灿烂背纹青孔雀，参差爪雪玉蟾蜍。潜身墙穴轻听处，洗面花阴静卧余。蛱蝶几回飞不定，苔斑印损绿疏疏。

还喜欢钱仪吉伯母金孝维写的狮子猫，从北京带回嘉兴十四年，和主人一样都很长寿：

怜尔解人意，携归路几千。爱从花下戏，（余看花，猫必随往，）惯向案头眠（，余读书，猫必匍伏岸上）。捕鼠来梁畔，窥鱼立沼边。慧心如不泯，西去礼金仙。

今年很少买书，唯一值得跟你说的，是上半年为考察博物学问题，买了一部东京奎文堂排印出版的《重修植物名实图考》（下称《图考》）。这部书所用底本为竹添进一郎旧藏，从明治十六年（1883）至二十三年（1890），分六次印完。东京奎文堂主人的信息鲜见记录，似与竹添进一郎关系颇深，出版了竹添编著的不少书，比如《栈云峡雨日记》《孟子论文》《清大家诗选》等。博物学家田中芳男（1838—1916）的剪贴本《捃拾帖》里，保存了奎文堂的广告单和《图考》印刷样张。广告称，初印八百部，其中三百部系清国保定府奎文堂约定。保定奎文堂的信息也很少，主人似乎姓王，海源阁旧藏多为其所得。琉璃厂也有一家奎文堂，不知与保定这家有何关系，也不知东京这家店号本来如此，还是受到了中国书店的启发。

《捃拾帖》非常有趣，共 99 册，是田中从青年时代至晚年整理的剪贴本，今藏东京大学综合图书馆，最近已全部电子化。内含图书广告、样张之外，还有各种广告纸、包装纸、名片、照片、

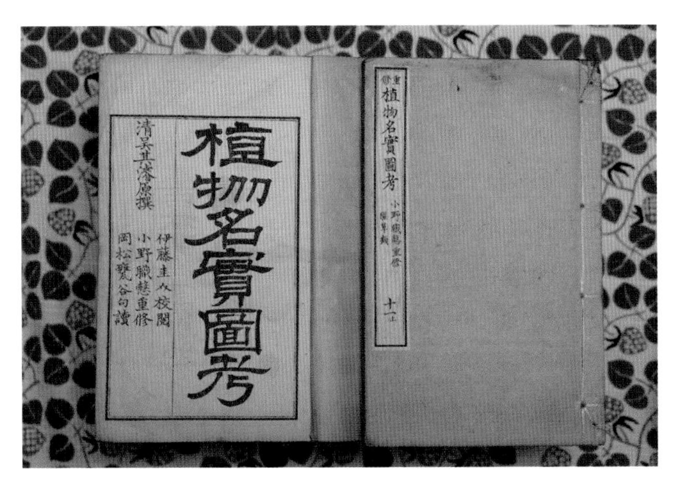

东京奎文堂排印出版的《重修植物名实图考》

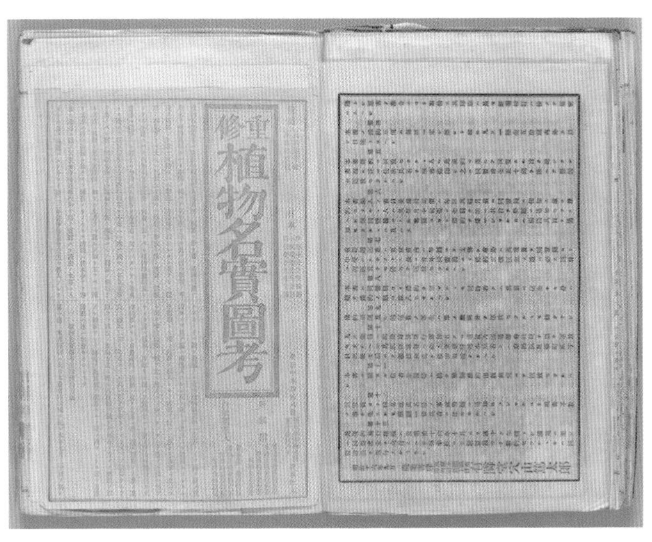

东京大学综合图书馆藏《捃拾帖》中《重修植物名实图考》广告

订单、账单，甚至还翻到一张六必居的酱菜广告，应该是覆在封口处，红纸上印的是："六必居酱坊发卖，各色晒醅顶高甜酱，诸样精细甜酱小菜、五香冬菜、佛手疙瘩，一概发行。"

历来讨论《图考》，都认为这是中国从传统本草学走向博物学或近代植物学的重要转折，但也仅有这一部。"植物"一词源于《周礼》，固然古雅，但将"植物"用在书题里，吴其濬则是第一位。李善兰参与翻译《植物学》，首将"botany"译为"植物"，亦有开创之功，此距《图考》初刊本在山西面世，相隔九年。吴其濬是嘉庆二十二年（1817）状元，出入南书房，宦迹半天下，但相关资料却很少，可靠的研究也不多。大概和他的籍贯不无关系，倘若在江南学术世家交游网内，想必会得到更多关注。而在他的故乡，却只看到今年有个"吴其濬家风家训展"。据说固始县汪棚镇大皮村有他的墓冢，亦不知现状如何。

奎文堂本《图考》面世后，日本植物学研究领域多以此书考订汉名，吸收其诸多研究成果。清末，接受日式植物学教育的中国学生因此获知此书信息，后云南图书馆据奎文堂本翻印《图考》，为石印本。1919 年末，商务印书馆又以初刊本为底本，参考他本，出一排印本，印数颇夥，定价也不高昂，遂成定本。1957 年，商务又出一标点本，对一些当时违碍的词句略作删削，整体面貌没有大改。1963 年，中华书局重印商务本，版式内容完全一致。后来的排印本基本以此为底本。有意思的是，前几年书局又影印了商务 1957 年标点本，甚至连出版说明都完全保留。最近书局新出一校注本，刚刚下单，不知内容如何，是否有新材料或新考证。

我手头有 1933 年商务重印的《图考》一册，又附资料集《长编》一册，精装，用纸坚密。卷首均钤“船屋 / 文库”（朱），是植物学家浅井敬太郎的旧藏。思文阁出过浅井两大册著作集，我也买到了。卷末有他的简历，京都人，1904 年生，1974 年去世，京大农学部毕业，曾任京大讲师，后为京都府立植物园主任技师、日本学士院明治前日本科学史编纂委员，还当过池坊文化学院院长。可惜他的文章有浓郁的日本中心主义色彩，处处强调日本文化的独特与优越性，实在不可取。如今日本传统艺术领域，如花道、茶道，倒是很好地继承了这种精神。

夜又深了，金泽正高声唤我，他已完全习惯了新生活。信就写到这里，盼你来信，祝一切都好。

松如
壬寅霜降前四日

习惯客居生活的金泽

重游天理

嘉庐君：

见信好。

今天是这里的“文化之日”，学校放假，幸又是遇到晴暖的好天气，一早便和从周去看天理图书馆92周年纪念的“中国古典名品展”。上次去天理，还是大疫蔓延之前，真觉恍惚。途中风景依旧，看不尽秋水湛湛，芒花洁白，柿实如珊瑚珠，一路都有远山陪伴。

近铁电车从京都一路南行，一个多小时后就到了天理市。出车站后，有一条一公里多长的直通大道，顶上覆了高大的透明雨棚，正是日本商店街最常见的样式。不同的是道边商店多与天理教有关，出售包括书籍、衣物、祭器在内的各种宗教用品。不时有披着黑色对襟宽袖“法被”的信徒路过，偶尔还会带着笑大声打招呼。天理教是江户时代后期起源于奈良地区的本土宗教，教理朴素，信徒多为贫苦的民众，曾经规模极大，在近畿地区很有影响力，高桥和巳的母亲就是虔诚的信徒。二代教主中山正善与古本业界的名流反町茂雄素相亲厚，曾由反町介绍，购买大量海内外善本，扩充天理图书馆库存——这些都是从前与你说过的故事，也是我对天理念念不忘的缘故。

街中似乎比印象中热闹不少，原来是碰巧赶上了奈良本地的艺术节，会场就在天理市的商店街，借用了几处町屋老宅布展。有一处主题叫“春日山原始林”，说春日山有一株六百余年树龄的巨大柳杉，前几年根部朽坏倒下。奈良县政府联合地方环境保护组织，请一些年轻艺术家，以柳杉巨木的旁枝为原材料，创作了一批作品，借此向世人讲述老树与原始林的故事，唤起人们对自然的关心。会场志愿者有一位本地老人，非常恳切地跟我们讲原始林维持之艰。我买了一枚旁枝余料雕出的小橡子，温润可爱，有清晰的柳杉香气，很像一直以来奈良给我的印象。

最近几年，天理图书馆的秋季特别展都与书籍有关，去年重点在书籍装帧，前年介绍了近十年间的新收图书。而今年这场与汉籍有关，分写本、刻本两大类，刻本之下又有宋元版、五山版等，都是馆内名品。因而见到了著名的傅增湘旧藏南宋绍兴刊本《白氏六帖事类集》，展示的是卷四首页，有“中南山人”（黄鲁曾）和“藏园居士”二印；傅增湘旧藏南宋刊《通典》，蝴蝶

入秋后，许多人家窗前都吊起柿子

山边早早升起的明月

装——二者即吉川幸次郎所云天理图书馆“顶级的汉籍”。此外，还见到福井崇兰馆旧藏南宋绍兴年间刊本《刘梦得文集》，即1913年董康请小林写真馆以珂罗版复制的原本；金泽文库、古艺堂旧藏国宝南宋刊《欧阳文忠公集》全本，也就是比国图本、宫内厅本多出96通书简的版本；南宋刊《毛诗要义》，曹寅旧藏，中文世界属柳存仁《天理图书馆藏宋本书经眼录》介绍较早，已收入《域外汉籍珍本文库》；平冈武夫旧藏金刊本《尚书注疏》残卷，为1938年傅增湘所赠；《程氏墨苑》，展出圣母子像一页……满目琳琅，心道观之不尽，极感欣悦。

1988年11月30日，天理图书馆掌管汉籍库藏的金子和正曾在台北汉学研究中心主办的“汉学研究资源国际研讨会”上作演讲，题为“天理图书馆所藏汉籍的现况及其问题”，讲到天理大学收藏汉籍起步于1930年天理图书馆开馆之际，集中在1945年到1960年之间。主要有京都堀川古艺堂旧藏，宋本《欧阳文忠公集》就在其中。还有1953年入藏的盛宣怀旧藏，据说虽无宋元珍本，但有不少明清善本，多见名家校跋。之前听上图陈先行先生的演讲，他曾在2010年去天理大学访书，也想看看盛氏旧藏，但当时馆方以正在整理、暂不公开为由拒绝了，不知现状如何？

接着是1954年收入的盐谷温旧藏戏曲、小说类共625部、4404册。1960年收入吉川幸次郎旧藏戏曲、小说类共375部、1699册。此外，还有矢野仁一、服部宇之吉旧藏中较为完整的部分。

看完展览，已是午后一时许。路过天理教宽阔的木构本殿，信众们都在做日课，端正跪坐，上下翻动手掌，做各种动作，且吟且舞，很优美。之后往车站方向走，在路边买了这个季节奈良最多的柿子和柿饼。遇到一家叫信华楼的中华料理店，平时总觉得中国菜还是自己做的好吃，这会儿很饿，也顾不上，就推门进去了。壁上挂着李可染之子李庚题赠店主夫妇的两幅画，店主姓吴。正想着他们是老一代华侨还是新移民，夫人已过来招呼点菜，一口醇厚的本地方言，想来是出生于此。她非常热情。闲谈了几句，得知是店主父亲那一代移民过来。我指从周说："他也姓吴。"她笑问："是哪里的吴？"我代答说是安徽的吴。她大笑："安徽，我知道，在遥远的大山里。我们家的吴是上海附近的吴，在哪里来着，扬州旁边……啊对，在镇江！所以我们家的菜怎么都有一点故乡的味道，虽然我们只回去过一次，看老家的亲戚。"江浙华侨更多分布在横滨和东京，关西则较多中国东北人。没想到在千山万水之外，还能听到江苏人对安徽人的戏谑，你说是不是很有趣？

我们点了拉面、炒菜和炒饭，当然早已是本地面貌。然而意外的是，炒菜和炒饭居然很像小时候在食堂或小餐馆里吃到的味道，似乎是淋了点锅边醋，可见店主夫人所言不虚。或许是因为远离都市，这样的菜馆较少与时俱进，于是留住了这一点似有若无的家山滋味。而如今故乡的口味，不知又已发生了多少变化？

归途中，窗外是山边早早升起的明月，每次从奈良回京都，都是这幅宁谧幽远的景色。回到家时，月已在高天，匆匆作书，盼你多来信。

松如

孟冬初九

连夜去皮，准备做柿干

柿实种种

嘉庐君：

见信好。

近来人们寒暄时总称："今年只剩下一点点了！"真是岁月催人。这一周红叶已至盛极，红白各色茶梅也到处开着，小院大吴风草开了玲珑的明黄花朵，牵牛每日清晨仍在露水里盛开水蓝色大朵。街中刚撤去万圣节的南瓜灯，换成各种圣诞装饰，我也买了一小盆黄金柏。来信说京都往事竟成遥想，我也不知何时重游博物苑。这一阵此地白日很温暖，只是夜间常在十摄氏度以下，习惯了北京暖气的从周与猫，都瑟瑟叫冷。我斥资买了一个煤油暖炉，是这里寻常人家过冬的必需品，远比空调或电暖炉经济、温暖。从前租住的房子不许用，虽然房东自己从入秋一直用到开春，如今我终于也不怕京都的冬夜了。入冬之后，街中常有巡回卖柴油的车开过，标志是播放一首古老的童谣《雪》：“下雪了，飘霰了，下呀下，堆得厚厚的。远山呀原野，戴上白帽子，枯树不见了，枝上开花了……”曲调悠悠的。

上周，在造园公司工作的友人送我一大袋涩柿。那水滴形的柿子个头很大，我和从周连夜削皮，用绳子串起柿子，在沸水里稍微烫一下，晾在阳台上。这种廊下窗前的柿子，是这里冬天常见的风物，很惹人乡愁。听说日本年轻人不大喜欢吃柿子，因为太寻常，不洋气，因而柿子也是很廉价的水果。超市最常见的是甜脆的甘柿，不需除涩。我很想种一株，可惜院子太小。

一向很爱江户初期学者黑川道祐仿《大明一统志》编写的《雍州府志》，此书成立于1684年，刊于1686年。雍州是京都的雅称，黑川出身儒医之家，因体弱多病，辞职后定居京都，以闲步为养生之术，爱好寻访山水古迹，“多年处处经历，所到寻其来由，每归家，则记之为一小册，积成数卷”。黑川曾问学林罗山门下，汉文素养很好，我最爱读卷六“土产门”，恰好在“果木部”找到了“钩柿”条：

> 涩柿削其外皮，以丝系其带，揭屋檐下而曝之。则经日后，其色变而为淡黑，其味至甘，是谓钩柿，又谓甘干，或谓生干。苦涩甚者，又变甘味为至也，所所有之。

又有“柿实”条：

> 柿有杂品，其内以木练为上，在木则练熟之谓也，多出自嵯峨，然不及顶妙寺柿。日莲宗顶妙寺始在高仓通北，斯土地宜柿，形色风味异于他产，近世顶妙寺虽迁二条河原，其柿所所接枝，今不乏其用。太和国五所之产为次，俗称五所柿。又有安西柿，传言慈照院义政公在东山东求堂时，安西氏人从之，宅边有柿，其味甜。到今安西氏裔在净土寺村，古柿树犹存矣，今所所接之。又御室柿形肥大，而霜后味至甘。

所谓“木练”，即无需脱涩处理的甘柿品种。顶妙寺今在二条大桥东侧，未闻有甘柿名品，想来早被遗忘。太和国即奈良，五所柿即御所柿。江户时代早期大和国御所町出现了完全不需脱涩的甘柿品种，成为幕府和内廷的贡品。1697 年刊行的《本朝食鉴》中，称“其味绝美”；1712 年刊行的《和汉三才图会》中，称“和州五所之产最胜，今畿内皆移种之。体圆扁微带方，微带尖，肉红色，味甘润脆，蒂处缩陷，形异于诸柿，其核小肥团尖”，别名大和柿、木练柿。不过明治年间，御所柿被新品种富有柿取代，声名不显，现在市场上极少见流通。安西柿在市面也见不到，据说京都旧家都会种植，嵯峨落柿舍种的就是安西柿。我如今就住在昔日净土寺村区域，或许附近尚有安西柿的孑遗？至于御室柿，就更没有听说过了。

本来想在江户时代的诗文集里找些吊柿的句子，竟不那么容易寻觅。而和歌俳句又太多，想来还是汉诗太不受欢迎，大概也更有翻检的价值。如今天黑得太早，暂写到此处，盼多多来信，不知南通如今流行什么品种的柿子？

松如

壬寅小雪前日

柿干挂在阳台，接下来只是等待

传牧溪《柿图》

日本国立国会图书馆藏伊藤小春绘《山菊谱》（1914年）

雨中买菊

嘉庐君：

见信好。

周三这里放假，本想去永观堂看红叶，却下了一天雨。初春搬家后，一直陆续添购植物，想要凑足四季花卉。秋天应该有菊花，近处几家花店的品种太普通，呆傻的一小盆，颜色也是普通的黄与白，只能做花园边上的点缀。从周在出町柳以西发现了一家菊花品种较多的店，说要一起去看看。午后天色稍霁，天气预报也说之后转阴，二人便骑自行车出门。谁知半路又开始下雨，反正不远，干脆硬着头皮走下去吧。雨点断断续续，鸭川当中的浅渚里栖着好多鹭和野鸭。黑云从北边山头推来，等走到花店，已是白茫茫的雨幕。那小小的花店竟然真的摆满了各色菊花盆栽，还有小盆老鸦柿。店主对拥有的品种很骄傲，向我们一一介绍品名，可惜我多数没记住。最后买了一盆嵯峨菊，一盆筒状花瓣的浅紫小菊。我们想着冬天的雨大概不厉害，岂料电闪雷鸣，下了一阵倾盆大雨。我们狼狈抵家，雨却悠然停了。

嵯峨菊是京都很常见的菊花品种，花瓣如丝状，花型较小，盛开时是一大片。这类品种在日本园艺中属于“古典菊”，即江户中期在各地大名鼓励下培育的地方名种，嵯峨菊就是京都西郊嵯峨地区的品种，明治以来宣传说这是嵯峨天皇喜爱的菊花，有可能是附会。不过从前京都的贵族与寺院都爱种菊花，《荫凉轩日录》记禅僧春溪洪曹的今是庵“其间数十间许，开小径，栽杂菊数百茎为墙垣，杂花盛开为观也”（1463年），僧人们相聚开诗会，十足风雅。到江户时代，种菊、赏菊成为范围更广的庶民趣味，市场上不仅有大量菊花主题的浮世绘，还有许多类似《菊谱》的谱录类图书。比如江户时代中期，一位号霁月堂丈竹的园艺家出版了三卷本《后之花》，介绍菊花的栽培法与各色品种。后有署石毛子九者跋云：

> 《后花集》三卷二十八部者，霁月堂丈竹撰之。窃以黄花有美德，而从往古弄之，至于中古，虽有百菊，唯分其花，别其苗，而栽培之耳。于兹近从元禄之朝以来，有莳菊实而出珍花，其色其形绝妙而无尽也，是则当知本朝泰平之余祥者。于是都鄙赏之人多，恰如暗夜之星，似沧海之鳞，时哉时哉，人爱菊，可谓菊亦爱人者欤？

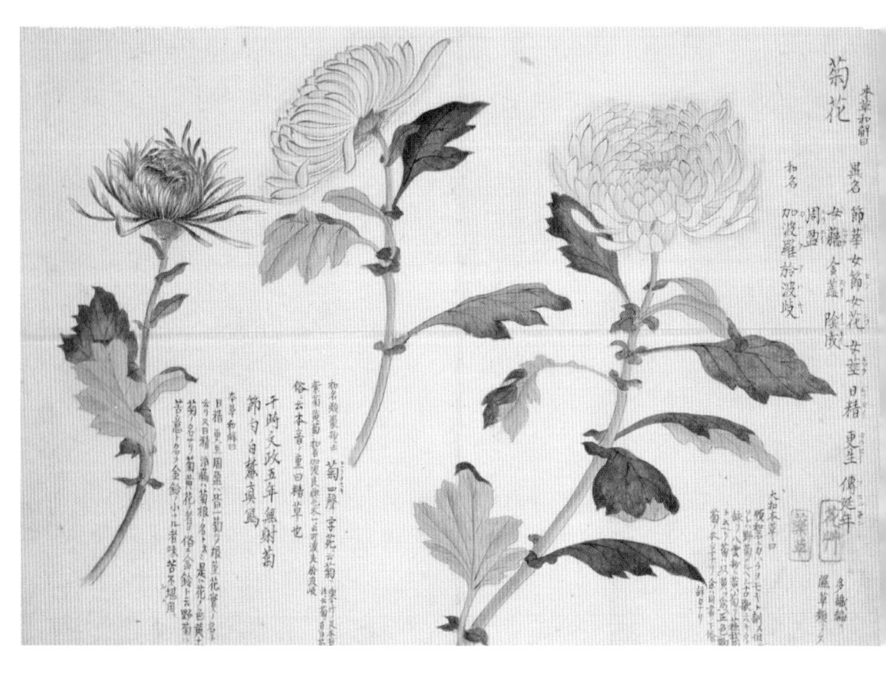

日本国立国会图书馆藏毛利梅园绘《梅园草木花谱》秋之部菊花

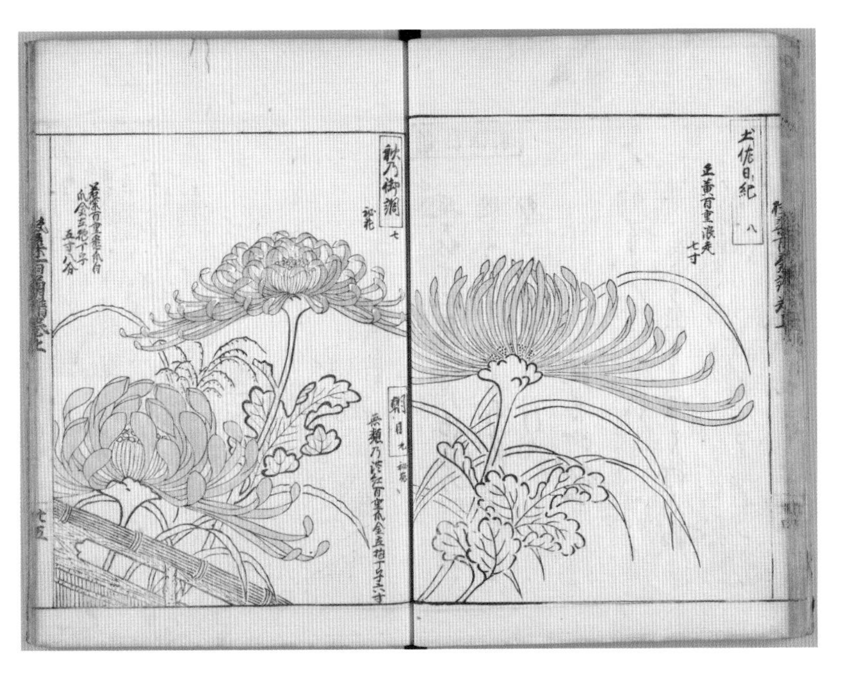

日本国立国会图书馆藏百鞠亭儿素仙著《百菊谱》（1736年），填色为原藏者手绘

首卷绘各种菊花，先一整朵，并单绘一片花瓣形状，有玉牡丹、盛上万重、僜丁子、躏丁子、管咲、添菊、捻菊等等。之后详绘菊花的各种害虫，蜗牛、豆虫、尺蠖之类，并介绍驱除之法。又讲述梅雨、盛夏、立秋等季节的菊苗管理法，还有艺菊、剪菊、插菊的各种工具。卷末出版时间是正德五年（1715），又记北野、东山的菊会、菊之品定等名目，想来当时京都市内有赛菊会一类的评比。同年，京都还出版了小册《花坛养菊集》，开篇就是菊会的场景，屋内罗列着许多插在竹筒内的菊花枝，其下附有纸笺，大概写有菊花品种与栽培者姓名，众人在屋内品茗赏花，大概很热闹。南通的菊花也有名，小时候曾在家里的园艺图册里翻到过父亲邀请母亲看菊展的票根——他们却拒绝跟我讲一起看展的细节。

东国也有艺菊的流行，不过风格稍异。有一种如今仍能见到的“菊人形”，即用菊花装饰等身大的人偶，就起源于江户地区。人偶大多取材自历史人物，躯干用竹枝和稻草制作，其上插满各色菊花，似乎非常受市民欢迎。近来电车内也常能看到菊人形展览的海报，我实在不太能欣赏，日本年轻人好像也不大感兴趣。最近东京国博有国宝展，却极受年轻人欢迎，以至于一票难求，因为布展以年轻人感兴趣的游戏《刀剑乱舞》为线索。昨天收到东京友人来信，说国宝展的票根本抢不到，足见宣传的成功。

很喜欢顾太清剪菊花赠闺友李介祉的一阕《一剪梅》：“东

篱午满冷香飘。次第开来，昨日今朝。露黄亲剪好丰标。满贮筠篮，玉蕊金苞。”菊花开着本已足够好，剪下来装满竹篮赠给挚友，就更动人了。李介祉字纫兰，钱仪吉长子宝惠妻，精篆书，可惜没有诗文集传世，暂时也没见到任何一幅她的书法。关于她最多的行止信息，都在顾太清的诗词集里。

偶翻国图藏黄彭年一家杂著笔记，有一册末记有一纸秋菊品名，并描述颜色特征，如紫虎须，上品，花如羽缨，叶尖瘦，梗微紫；藕色衣裳，白色，空心瓣，易垂散，可备一格；蜜连环，上品，花丹黄，瓣长短参差；夕阳斜照，金黄色，瓣圆管，经久；雪狮子，玉狮子，白玉扇，均能耐寒，又可食；银盘托雪，白长瓣，绿心。做笔记的人应该满怀喜悦吧，是他得了许多可爱的品种，还是去了谁家美丽的花园？

上次去信写到做柿干，昨晚取下一个，与从周分食，味道相当好。看来往后的“年中行事”里，六月泡梅酒之外，又要添一条深秋晾柿干了。时间不早，先写到此处，盼你来信。

松如

冬月初六

弹琴台上

嘉庐君：

见信好。

上周末去韩国开会，前两年都是在线参会，今年总算等到入境政策放开。这是三年来第一次去韩国，甚至有些紧张。机场风景如旧，就是开门的商铺少了很多，游客数也大不如从前。我们到仁川后，跟随学校安排的人一路南行。先是走过漫长的跨海大桥，海面已结冰，在午后的光线里绵延铺展，仿佛还是方才空中见到的云海。随后路过始兴、安山、水原、龙仁、利川，抵达忠清北道的忠州，我已来过这里四次。沿途山中的植物多已枯凋，很像北京郊外的山色，公寓格局也与我国相似。每次到韩国，都有这种亦真亦幻的亲切感，不像在日本，始终知道那是异国，永远保持着距离。

这里的人情也熟悉，招待极周到，十分重礼仪。次日上午，一位当地朋友趁着开会前带我们去看忠州本地的古迹弹琴台。外面飘着干燥的雪珠，竟赶上了这里的初雪。看韩剧知道，他们非常看重初雪，认为恋人应该在这一天相聚，且能永远幸福。

据地志记载，忠州在汉阳东南三百里，地处朝鲜中央，是所谓京城藩障，自古为兵家必争之地，如中国的荆州。“本高句丽国原城，新罗取之，真兴王置小京，徙贵戚子弟及六部豪民以实之。景德王改中原京，高丽太祖二十三年改今名。成宗二年置牧。十四年置节度使，号昌华军，隶中原道。显宗三年废为安抚使，九年定位八牧之一。高宗四十一年升为国原京，后还为牧。”（《东国舆地志》）忠州在高句丽时期为国原城，后为新罗所取，改称中原京，高丽时期改称忠州，朝鲜时代沿袭其制，朝鲜世祖时期置镇。新罗时期首都在庆州，为与高句丽等北方势力对抗，故在汉江南侧的忠州设置副都中原京，以作防卫。

1978年，忠州出土了公元五世纪后期（高句丽时期）的石碑，即“中原高句丽碑”，或曰“忠州高句丽碑”，是朝鲜半岛境内唯一的高句丽石碑，1981年被指定为国宝。这是高句丽长寿王攻占南汉江流域后建造的纪念碑，是高句丽向治下新罗人撰写的文书。碑身四面有文字，但磨灭漫漶严重，残余文字不易读通。大约可知称高句丽王为“大王”，称新罗王为“东夷之寐锦”，高句丽向寐锦以下的官员赐衣服，募集新罗境内三百人，由高句丽军官指挥。高句丽王朝金石资料甚少，比起由纯粹的汉文写就的

《弹琴台记》碑文

广开土大王碑文，中原高句丽碑更多使用吏读，即多用朝鲜语文法和助词的变体汉文，被视为朝鲜变体汉文的滥觞。新罗比高句丽更晚接受中国文化，因此新罗地区留下的变体汉文资料也远多于高句丽地区。石碑今藏忠州高句丽碑展示馆，第一次来忠州时，本地老师就带我们去看过。

"吏读"流行于古代新罗地区，又称吏道、吏吐等，传说是新罗儒臣薛聪所创，是借汉字字音或字训表记朝鲜语的文体，其假借主要用于朝鲜语的副词、助词或助动词等范围。比如"有去等"，读作"잇거든"，"有"读作"잇"，乃以汉字从其训，"去"读作"거"（ko），"等"读作"든"（tun），皆以汉字表朝鲜语音。也就是说，"去等"表示的"거든"在朝鲜语中表示假定，意为"如果""若……的话"；那么"有去等"就是"若有的话"。

朝鲜王朝第四代国王世宗颁布了纯粹表音的"训民正音"，又叫谚文、朝鲜字母、韩文字，此后出现了大量用谚文和汉字来翻译汉文典籍的朝鲜口语文，这就是朝鲜时代广为流行的"谚解"。但吏读也没有就此消失，而是在买卖文记等公私文书中广泛存在。朝鲜王朝成立之初，即采用洪武二十二年（1389）的《大明律》，并出版了以吏读作注释的《大明律直解》，颁布全国。《大明律直解》卷末跋云：

> 此大明律书，科条轻重，各有攸当，诚执法者之准绳。圣上思欲颁布中外，使仕进辈传相诵习，皆得以取法。然其使字不常，人人未易晓。况我本朝三韩时薛聪所制方言

文字，谓之吏道，土俗生知习熟，未能遽革。焉得家到户谕，每人而教之哉。宜将是书，读之以吏道，导之以良能。政丞平壤伯赵浚，乃命检校中枢院高士䌹与予，嘱其事。某等详究反复，逐字直解。

朝鲜明宗年间学者鱼叔权《稗官杂记》卷四云：

大明律，专用吏文文字，而其体简古多曲折，非通乎吏文者，不可得以解矣。本国设置律学，使之专业，而承讹守谬，尚不晓其文字，况通其意乎。付罪名于其手，任其议拟，安能无冤乎？……洪武乙亥，郑道传等患律文难晓，以薛聪所制吏读，逐条翻译，名曰《直解大明律》，令书局印出，凡三百八十八件。

且举《大明律直解》中的吏读之例，如“民亦妄告去等”，就是“如果民亦妄告”之意。吏读文章虽都是汉字，但我们中国人看着恐怕一头雾水。最近新经典出版了金文京教授的《汉文与东亚世界》，也许你已经看过了。书里重点讲述了汉文在日本、朝鲜半岛的训读，以及其可能的源流，十分精彩，可以为身处“汉字文化圈”中心的我们提供诸多重要的信息和视角。

还是说回忠州的风土。这里水路发达，南汉江穿过境内，便于往来，朝鲜时代的京师士大夫多居于此。南汉江即汉江的上游，支流众多，有源出俗离山的达川，蜿蜒九遥八曲而至忠州市内，与清风江合流。两川合襟处有月落滩，又有一座小山，“苍壁斗绝，松栎蓊郁”，传说为新罗时乐圣于勒仙人弹琴处，因此叫弹琴台。

于勒原为伽倻国乐师，伽倻国王嘉悉仿唐筝造十二弦琴，命于勒制十二曲，名曰伽倻琴。后来于勒知伽倻国将乱，携乐器投新罗，馆于国原。据说于勒后来仙去，昔人至忠州，纪行诗文里都少不了歌咏其事，“于勒弹琴处，台空草树荒。烟波愁晚暮，云日送苍凉”等等。

万历二十年（1592），丰臣秀吉发动的侵朝日军占领釜山，随后进攻至忠州。名将申砬受命负责庆尚、全罗、忠清三道防务，在弹琴台布置骑兵，背靠南汉江，鼓舞士兵背水一战。但当时朝日军队装备悬殊，朝鲜一方惨败，“人争投水，流尸蔽江”。申砬自杀身亡，朝鲜宣祖不得不退往平壤避难，存放高丽时代以来实录的忠州史库也毁于战火，因有“呜咽弹琴台下水”之说。而今弹琴台松林依旧，山顶一座新修的小亭，登高眺望远山与江流，虽已听不见碧波间的琴音鬼哭，但抚读附近所立碑石，也不免低回感慨。这里的碑文都是混杂了谚文和汉文的文体，却不是朝鲜时代谚解，而是直接受到近代日文的影响。略举《弹琴台记》中的几句说明：

> 忠의州됨이震域의中에當하여喬嶽이南에環擁하고漢水와達川이東과西로서來會하여山明野沃川媚石秀하며水運이一方으로嶺을間하여洛에連絡하고一方으로京城을거쳐海에達하니진실로南北의咽喉요.

文中的韩文字母都是助词，可以和日文助词完全对应，转换成日文便是：

> 忠の州なるが震域の中に當して、喬嶽が南に環擁して、漢水と達川が東と西として來會して、山明野沃・川媚石秀であり、水運が一方で嶺を間して洛に連絡して、一方で京城を経て海に達したので、本当に南北の咽喉だ。

而汉文则稍微调换一下顺序即可：

> 忠州当震域之中，乔岳环拥于南，汉水、达川东西来会，山明野沃，川媚石秀。水运一方间岭，联络于洛；一方经京城达于海，真南北之咽喉也。

这样看来是不是很有趣？不过1945年日本战败之后，朝鲜半岛推广国语纯化运动，这种汉谚混写的文体被视为日本殖民印记，逐渐被废除。1948年，大韩民国建国之际，就制定了《韩文字专用法》："大韩民国的公文书以韩文字书写。但暂时可以括号附注汉字。"我们眼中的去汉字化运动，往往认为这是朝鲜半岛要抛弃和中国的联系。这固然是一方面，但更重要的还是为了去日本殖民化。我一位韩国同门就对这种混写文体很反感，说完全经过了近代日语的改造，古代韩文语法并没有与日文高度接近到这般地步。

早听本地老师半开玩笑地说，忠州自古频繁易主，故而忠州人多变通，不重气节。又说忠州水陆交通发达，旅人到此歇脚，随意留情，又随意抛弃情人离去。偶读朝鲜后期实学家李圭景《忠州形胜辨证说》，有“地势走泻西北，无停蓄之气，故亦少富厚者。人民稠众，常多口舌浮薄，不可久居之地”，“ 而俗谚相传曰，忠邑有三多，石多人多言多。盖邑中多磊碛，村多人聚，比他邑殷盛。人多，故作荒诞之说，为口舌场，至今尚然，则俗谚非污传矣”等语，原来传说真略有所本，供你一笑。

弹琴台下还有一座新修的大兴寺，旧名永兴寺，惜无古迹可观，倒是在寺中邂逅一只肥胖的狸花猫。中午回学校，开会至黄昏。夜里，老师领我们在一家中国餐馆吃饭，国内已不常见的老式鲁菜做法，味道很好，还喝到了烟台的白酒。饭后老师带我们去另一家小酒馆，喝装在小壶里的浊米酒，吃蘸了蛋黄酱的明太鱼干。然而周日一早要赶回仁川，不曾多饮。十点多散去，清寒冬夜，朦胧明月远在高天，突然非常不舍，这过于短暂的欢聚，这未能归乡却如归乡一般的热情，我爱这一切。

周日夜里已顺利回家，第一次在京都看家的金泽也一切都好，还稍微胖了点。匆匆补完旅中的信给你寄去，年前盼你再多写几封来。这里天已很冷，小院水仙已抽花莛，不知故乡冬月景色如何?

松如

仲冬十三日

桥头货声

嘉庐君：

展信平安。

来信抄示日记，仿佛前人小札，精彩纷呈。我的日记太流水账，挑不出像样的足够礼尚往来，还是闲谈近日见闻吧。

韩国回来转眼已过一周，周末照例在家打扫卫生。天气好极了，又去花店闲逛，买回梅树、枸杞各一盆，另外是一捧松柏枝，打算做些圣诞花环自用及赠人。回家路上，经过白川通与今出川通交叉处的净土寺桥，看到有磨剪刀的小摊，手写的招牌已很陈旧，大字写着“刃物”“研师”，小字写着菜刀（包丁）、剪刀（ハサミ）等字样，也可以修鞋。一件统一600日元（约30元），三件以上每件500日元。“刃物”即刀具，研师即研磨刀具的师傅，在日本也是传统悠久的职业。家里的菜刀和花道剪刀都已钝了，赶紧回家取来，请师傅帮忙。他用的工具是砂轮机，不多时就磨得刀刃雪光锃亮。

小桥另一边是卖伞的摊儿，不是一般的新伞，而是人们遗落在车站、长期无人认领的旧伞，招牌上写着“铁路遗忘之物 发现市场”（鉄道忘れ物　掘り出し市），摊儿上摆满各色雨伞阳伞，价格极低，许多人都围着挑选。

这小桥虽是方寸之地，但离大学和银阁寺不远，附近居民也多，因此常有人来摆摊，比如笋摊，蕨根粉和糯米豆沙团子的小摊，偶尔还有人卖小盆栽。据说几十年前这些小摊还会沿街打铃叫卖，如今虽然不打铃，但有人路过，也还是会热情招呼：“看看我们的笋吧！”“您吃蕨根粉吗？”诸如此类。这两年附近多了一位卖米糕的年轻人，独轮车推一只小木箱，里头是当天做的糕点，也顺便卖些咖啡豆。他很羞涩，不仅不叫卖，甚至都不太和人有目光交流。不过米糕味道不错，我买过几次。如今年轻人的小摊大多通过网络公布自己出店的信息，不像老一辈的摊主都在固定的日子到来。

京都街中的货声，最熟悉的是卖红薯的小车，每年秋天到次年春天，总有小卡车缓缓驶过居民区，重复放一首曲子：“石烤红薯呀，红薯呀！热乎乎，烤熟啦！”调子非常简单，基本是拉长的吟唱，各地各家的歌词虽然不同，但第一句“石烤红薯呀，红薯呀”却都一样。后头的词儿随店主心情来编，有的是“再不买呀，车就走了！”，据说有的还唱“慌忙追车，摔一跤，也不知道”，很有趣。曾有搞笑艺人把这调子改成一首歌，编入漫才段子，歌词是：“石烤红薯呀，什么时候，都是你和石烤红薯。什么时候，和你相遇，都很开心……”火遍全国，甚至吸引了更多人去做石烤红薯的生意。据说现在烤红薯界竞争很激烈，在红薯品种和烤制方法上苦心钻研。前一阵也买过，起先只觉得定价太贵，尝了却很吃惊，真的像流蜜一样甜美。小时候只觉得烤红薯闻着香甜，吃着却不怎么样，看来烤红薯也进化了。

说起外面的声音，搬家以来，住到十分安静的区域，连乌鸦的高叫都变得遥远，不免有些怀念过去窗前吉田山的种种鸟鸣。不过这里离南禅寺不远，倒是常常听见托钵僧人们悠长的诵经声，据说这是他们练嗓子的好机会。

我爱读《一岁货声》之类的书，以前回北京，偶尔还能听到窗外传来抑扬的“磨剪子嘞——”，很觉得韵味悠长。然而北京毕竟太繁华，宁谧的时刻很少，已不容易听见这些。以前住在离大路不远的楼上，成天就听到车声人声，还有汽车报警器的锐响。钱泰吉有诗“卧听夜市卖糍糕”（1846），又是怎样的调子与气味？很想回故乡的春天漫游，但眼看又要错过博物苑的下一个春天。只好盼你多来信，告诉我故乡的声和光。

松如

仲冬十九日

净土寺桥上磨剪刀的小摊，很受附近居民欢迎

新家离南禅寺不远

橡栗松实

嘉庐君：

见信好。

这半年我没怎么在古本屋买书，真是不知道珍惜。喜欢的书价格腾高，普通书又提不起兴致，最近倒是在亚马逊、博客来、京东上买了些新书。比如金时鐘的《猪饲野诗集》，“猪饲野”是大阪鹤桥一带的旧称，据说古代居住着渡海而来的百济人，近代以来，朝鲜半岛的许多劳工住在这里。金时钟 1929 年生于釜山，父亲是元山人，母亲是济州岛人。1948 年，济州岛爆发了镇压左翼群体的“四三事件”，大量平民遭到屠杀，左翼青年金时鐘乘船逃亡至日本，辗转来到鹤桥，一直住在猪饲野。随便翻一页：

异国岁月缩短得仿佛超出必要。散落的、难以习惯的每一天，岁月流逝，几十年过去，异乡在异国的色调中褪去色彩。仿佛是，被悬挂起来的小船的木纹，停在肖像深处的，是越过大海不知去向的青春。

这几天寒潮降临，北方已有大雪，慈姑盆快要结冰。岁暮在日本叫作“年之濑”，“濑”即急流，以此比喻年末诸事忙乱。每到此时，街中民家多在门前张挂圣诞花环，样式各异，极尽巧思。往年我租住的门口无处挂花环，今年早就想着要自己做一个。在花店买了冷杉、松柏枝，主体材料有了，却没有装饰的红果、松球一类。这些在秋天极常见，校内外到处都是，如今早被收拾得干干净净。花店的人也说，像蔷薇果之类的花材，一般 11 月下旬到 12 月上旬才有，我去时已经太迟。想着吉田山中应该还能捡到枝条和果子，却总抽不出时间，又接连下了几天雨。看网上教程，一般大家都会用藤条缠出一个底环，再在缝隙内点缀装饰绿枝。近处花店的底环也已售罄，索性放弃了装饰，直接用枝条弯成了绿环。做出来还算周正，只是很费力气。枝条买得足够多，一连做了好几个，留着给朋友。

有一天午后，从周下课回来，忽而从鼓鼓囊囊的衣服口袋里掏出好几个松球，说是从平安神宫捡来，没想到地上还有一些，赶紧用细铁丝把松球缚到花环上。又想起去年友人送了一包秋天的种子，是她爱好植物的孩子细心采集，翻了翻，找到几颗杉子，也固定在枝上，看起来热闹了不少。

松果是从周在平安神宫附近捡来的

日本国立国会图书馆藏有一册毛利梅园的《草木实谱》，伊藤圭介旧藏，封面有圭介红纸签条略述来历，封面内有签条："写真斋实谱一册，梅园毛利氏以笔摹写草木诸果实，其图精巧逼真，更有海藻数品附卷尾。"旁有圭介之孙笃太郎的小字，称此为丰后国本草学家贺来飞霞笔迹。卷首书名是梅园题写，钤有"攒花园"（白）、"梅园 / 直脚"（白）、"白山 / 石英"（朱）三印，皆为梅园常用印。此外有"花绕 / 书屋"（朱）、"明治十 / 五年我 / 龄八十"（白）、"明治十 / 七年我 / 龄八十二"（白）、"明治十八 / 年我 / 龄八十三"（白）等，都是圭介之印。此谱收入草木果实 155 种，海藻类 33 种，画风与著名的《梅园草木花谱》类似。当中有栗子、柏子、橡子、榛子、七叶树果子、枸骨实、棉花、落霜红、南天竹之类，都很适合做花环的点缀，无不小巧可爱。

提到果实，又想起乌桕，想起张謇从前在南通种植乌桕树作为经济树木的往事。日本近代以来也大量引种成材快、色彩丰富的乌桕树，叫作"南京栌"，也用乌桕果做蜡烛。但本地传统山林保护协会近来却很不欣赏它，称其为入侵种，影响了原始林内日本柳杉的生存，呼吁志愿者在林中见到乌桕幼苗就果断拔除。不过乌桕美丽的果子早就成了冬天的常用花材，总能见到花店摆着一大束。

江户时代的这些手稿图谱留存极多，真让人羡慕。昔日伊藤圭介想不通，为何汉土绘画名家写草木花叶用笔细巧、赋彩鲜明，而本草学书籍的配图却如此拙陋不相称，“岂编书者初不致意于此，抑刻之者皆疏拙，不能使学者供考索之实用，殊可怪叹也”。汉土刻工自然不劣，应该还是我们的学者“不致意于此”吧，传统社会忙于科举考试的精英大概不会有观察描画植物的闲暇。就是在今日，此地埋头“不务正业”的人似乎也比我们更多些，你看，是不是很有意思的现象？

天早已黑了，信就写到这里，年前还能收到信吗？马上就要冬至了。

松如
壬寅仲冬廿六，冬至前三日

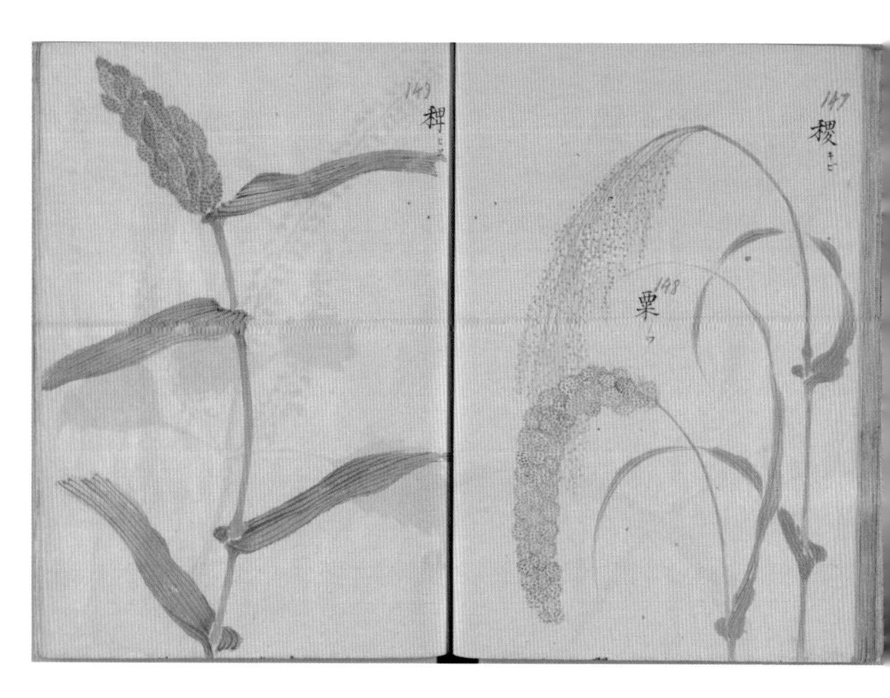

日本国立国会图书馆藏毛利梅园《草木实谱》

神户观书

嘉庐君：

展信平安。

这两日从周也在病中，发烧头痛，咽喉如刀割，成天躺着休息。我暂时无事，只是回信推迟了很久。昨天上午，他似有好转，我终于能出门工作。神户市立中央图书馆的吉川幸次郎旧藏里，有一部陈尔士的《听松楼遗稿》，也是日本藏的唯一一部，几年前就想去看看。听说神户市图整个一月都休馆，便立刻收拾东西出门。提到关西，人们都要说京阪神都市圈，但神户距离京都其实有七八十公里，我迄今去过的次数寥寥可数。手机地图指示我先到京都站，再换 JR 新快速。然而行至芦屋，却说铁路沿线出现事故，可能要等很久。以前也跟你说过，电车事故——多数是自杀事故——在日本很常见。芦屋还有阪急线可以换乘，急忙步行过去，先由阪急线到三宫，再换地铁到大仓山，总算在下午两点左右抵达图书馆。

大仓山这个地名很引我留意，因为京都西郊岚山附近有小仓山，古来是红叶佳处，也是和歌时常歌咏的对象，即所谓的“歌枕”。镰仓时代的歌人藤原定家在小仓山庄整理百位歌人的和歌集，也就是《小仓百人一首》。而大仓山古称安养寺山，明治年间的财阀大仓喜八郎买下这片山头，后来就以他的姓氏为山冠名。现在大仓山一带修建成市民公园，图书馆就在附近。公园里有孙中山半身像，是1986年神户市第十代市长中井一夫所立，碑文介绍说是“中国伟大的革命家”，“以自由、平等、博爱为信念”。旁边是1992年神户福建同乡会所立“黎明之灯”石碑，纪念1868年神户开港之际，华侨引进煤气灯，照亮了黎明时期的日本。此外还有桥本关雪的纪念碑，镌着“游于艺”的大字，另有长篇碑文述其生平，原来关雪父母都是神户市生人。我家近处有他的别墅白沙山庄，还有他从前建的洋楼，如今有一部分改成了西餐馆。

日本的国立、公立图书馆面向市民的服务都很完善，贵重书也可以当场申请阅览，且允许自由拍照。吉川幸次郎是神户人，他去世后，部分藏书捐给京大文学部图书馆，即唐学斋旧藏（628册）；更多捐给了神户市立中央图书馆，即“吉川文库”（约24000册）。馆员很快为我调出《听松楼遗稿》，共两册，重新装订过，卷首钤“唐学/斋”（白），董祐诚序后有钱仪吉附诗五题十首。之前看到“明清妇女著作”网站公开的中山大学图书馆藏本并无钱仪吉附诗。而中大本有封面，篆题书名，吉川旧藏本则无封面。钱仪吉致弟泰吉书中曾说此本“有误，未改，故不欲多为流传”，但从此本现存状况来看，国图、上图、南图、中科院图书馆、中国社会科学院文学研究所、北大图书馆等处均有收藏，可见当初还是刷印了一定部数。

黄山书社的《江南女性别集》初编曾收入《听松楼遗稿》，但未说明所用版本是哪家图书馆收藏，标点亦略有误。近日凤凰出版社的“中国近现代稀见史料丛刊”第九辑的《钱仪吉日记书札辑存》中也收入了《听松楼遗稿》卷三陈尔士致钱仪吉家书部分，不知考订如何，打算年后网购一册。近年在古书店偶尔也见到吉川旧藏，比如琳琅阁的小琅嬛仙馆刊《读书敏求记》，钤“赵氏/家藏”“唐学/斋”二印。

看完书，搭阪急匆匆返回京都。到四条河原町，天已黑了。因为从周抱恙，我们尚未准备年货。顺路去高岛屋地下商场买了些蔬菜，点心铺到处都是长队，人们纷纷购买赠人的新年礼物。我也买了一盒本地人喜爱的阿阇梨饼，又转去餐具店。上个月在店里看到延兴寺窑的杯盘，朴素厚实，手感很好，说是鸟取地区的窑。虽然名字很古典，其实是1978年新开的窑。我拿在手里摩挲了很久，想买一对杯子，但又觉得不如先买一个，留个念想，如果很喜欢，下次再来凑齐。不过到店里发现，延兴寺窑的餐具已售罄，也不觉得遗憾，倒是很高兴，世上有人和我喜好相似。离开前挑了一只唐津烧的茶碗，釉色很美，说是用了朝鲜半岛的传统技术。唐津市在九州的佐贺县，面朝玄界滩，自古与大陆、朝鲜半岛交流密切，有日本最古老的水稻耕种遗迹。一直想去九州地区旅行，不知这次春假能否成行？天又快黑了，信先写到这里，希望你收到时已康复，祝你一切都好。

松如

壬寅腊月初七

大仓山市民公园的孙中山像

年末年始

嘉庐君：

新年快乐！那天久违地与你通话，非常开心。这个冬假过得有些浑浑噩噩，因为从周突然发烧，我们期待很久的济州岛之旅不得不搁浅。他在家享受了几天新冠病人的待遇，最后却判定是阴性。本来年后想在近处旅行几天，我又开始感冒，直到长假结束的今天才康复。本以为闭户养病最适合读书，但事实上却没做什么正事。

上次跟你说很久没在古本屋买书，之后惦记着，在琳琅阁随便买了一册光绪二十三年（1897）袁昶序刊本《会典简明录》给自己当新年礼物。同治末，袁昶在厂甸无意中得活字印本张祥河《会典简明录》一册，后翻刻此本。近来考察钱仪吉周边人士，自然也关注到张祥河，这个小册也算和我关心的话题有些联系。

《会典简明录》常见的版本是光绪二十三年渐西村舍刊本，不过我买的这本并无渐西村舍刊记，只有几页版心下记此。人文研还有光绪十年（1884）南城蔡氏三余书屋丛书刊本，开本比我手头这册更小。

旧年最后两天，去超市采买了足够一周吃的食物，因为日本超市一般新年头三天都不开张。又去附近的荞麦面店买了二八荞麦生面和鸡蛋卷。二八是指面粉和荞麦粉的比例，比纯荞麦粉更柔软，我很喜欢吃。夜里路过旧书店，忍不住买了一本韩国旅游的闲书，封面很美，摄影精致，文字内容无足观，只是介绍的店铺还算有意思，一会儿就翻完了。

年末年始，和从周看了好几部韩国片，《东柱》《南部军》《太白山脉》，都值得推荐。《东柱》是前几年的片子，用了克制的黑白表现。片中拍到鸭川，还有开往北白川方向的路面有轨电车。京都市路面电车的历史从1895年开始，是日本最早开设民用电车的地方。全盛时期，路线总长近77千米，共有351辆电车。看过一张1931年的《市街电车案内图》，线路密集，与今日京都市公交车的主要路线高度重合，从百万遍往北，依次是京大北门前、农学部前、北白川、银阁寺道——今日公交车站没有“京大北门前”，此外各站连名字都一样。20世纪60年代起，路面电车逐渐被公交车取代，到1978年已全线废除。我家附近还停着两节车厢供人怀念，就是过去从银阁寺至天王寺町线路的电车。看电影才知道，诗人尹东柱留学京都时就住在北白川高原町，现在的京都艺术大学校区内。前些年立了纪念诗碑，我和从周在看完电影的黄昏沿着白川通，一路前去寻访。诗碑就立在路边，写着很醒目的“尹东柱留魂之碑”，大理石碑上镌着尹东柱《序诗》原文，旁附日译；还有2006年6月23日立碑时的纪念文字，也是韩日双语：

> 1943年7月14日，尹东柱因涉嫌违反《治安维持法》，被从这一带的武田公寓逮捕至下鸭警察署。
>
> 他是出生于今中国吉林省的朝鲜人，1942年赴日，求学同志社大学之余，创作了清冽诗歌的地方，就是此处的高原町。
>
> 1945年2月16日，他祈祷着祖国解放，在福冈刑务所结束了过于短暂的生涯，得年二十七岁。在这片他创作诗歌的据点，如今仍然栖息着尹东柱的诗魂。

诗碑旁一树冬青红珠累累，令我流连再三。最喜欢的一部是《太白山脉》，很工整的作品，对不同意识形态各自的虚伪残忍有深刻的揭露，也花了不少笔墨刻画中间派知识分子的困境。导演大概也没有明确的答案，因为许多历史问题仍是未解决且伤痕累累的。片中塑造的女性形象也比较丰富，有无畏的左派革命青年，有丈夫投身革命、辛苦在家养育孩子的妇女，有被在地豪强侮辱、起先忍耐偷生、最终服毒自杀的妻子，有没落旧家贤良淑德的夫人，还有聪慧善良的巫女。电影最后一幕，是巫女为了送别亡魂，彻夜唱一首凄切动人的挽歌。说来也有意思，隔天路过旧书店，翻到一册韩国民俗学影集，第一页就是全罗南道的巫女闭目歌吟。也算是回声处处。

春节也近了，只是那时我不放假。你们一切都好吗？非常想念故乡的岁暮和新春，反复回味记忆中的一切。还有那年正月，你来我旧家做客，从周也在，那个无比快乐的午后。

松如

壬寅腊月十八

家附近供人怀念的两节有轨电车

尹东柱留魂之碑，今京都艺术大学高原町校区内

嘉庐君：

展信平安。

来信所说先后得书、碰巧是原本上下册的佳话，实在让人羡慕。前年在孔网买得同治十一年刊《甘泉乡人稿》，收到后发现居然有“警石”“泰吉”“钱辅宜”“钱泰吉印”等印，应是警石子孙所钤。第一册封面题签署“壬戌仲夏/定钧敬签”，钤“秉如”，即钱泰吉孙钱康荣第五子钱定钧，字秉如。钱康荣生于咸丰二年（1852），是钱泰吉长子钱炳森第四子，钱炳森咸丰四年即中年早逝，子女生计艰难。钱定钧1893年生，两江法政大学毕业，1933年任伪满政府文教部事务官，后来迁至北平。这部书偶有墨笔校语，与题签字迹相同，应为定钧所留。但书独缺最后所附《四水子遗著》《郊农偶吟稿》，分别是钱泰吉从兄学源和钱炳森的

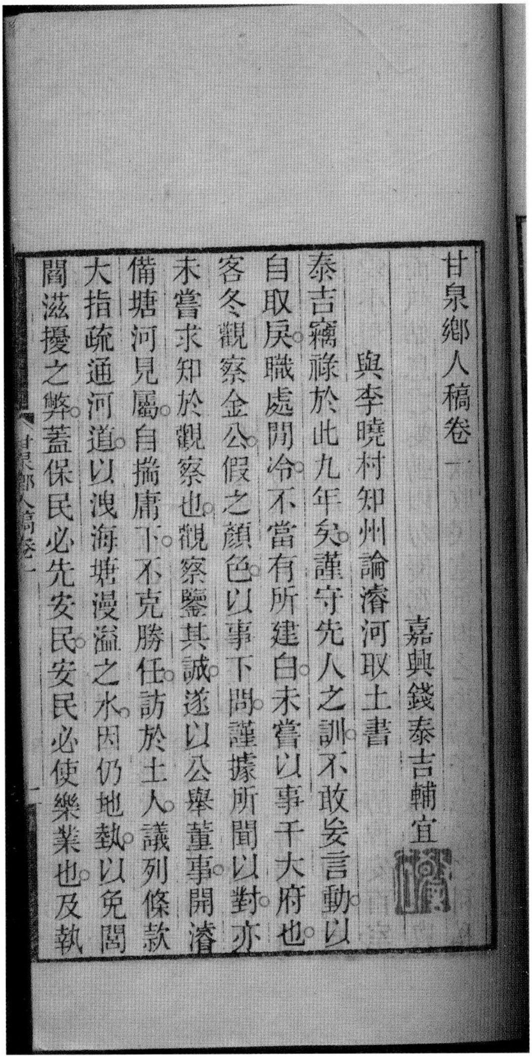

甘泉鄉人稿卷一

嘉興錢泰吉輔宜

與李曉村知州論濬河取土書

泰吉竊祿於此九年矣。謹守先人之訓，不敢妄言動以自取戾。職處閒冷，不當有所建白，未嘗以事干大府也。客冬觀察金公假之顏色，以事下問，謹據所聞以對，亦未嘗求知於觀察也。觀察鑒其誠，遂以公舉董事開濬備塘河見屬。自揣庸下，不克勝任，訪於土人，議列條款，大指疏通河道，以洩海塘漫溢之水，因仍地埶，以免閭閻滋擾之弊。蓋保民必先安民，安民必使樂業也。及執

《甘泉乡人稿》卷一首钤“警石”印

银阁寺旁朝鲜高中的吉祥物，穿着朝鲜传统的赤古里裙

遗稿。琳琅阁也有一部《甘泉乡人稿》，吴藕汀父吴剑寒旧藏，缺《甘泉乡人馀稿》，所附仅有《邠农偶吟稿》。孔网倒有单独的一册《甘泉乡人年谱》，但仅附《四水子遗著》，价高近四千元，就不必特意买来凑了——况且也不齐。

上周末在家，又和从周看了一部半岛主题的电影，井筒和幸的《无敌青春》。十年前，中井书房的主人推荐我看过，说导演曾在店里取过景。电影男主人公松山康介迷上了在日朝鲜女生李庆子，决心自学朝鲜语，去旧书店买了一本朝鲜语字典，这旧书店就是中井书房。这次重看，发现了很多从前完全忽略的信息，大概当年看的版本字幕太糟糕，而我那时又听不懂京都话。电影舞台是 1968 年的京都，开篇就是银阁寺旁朝鲜高中的男生在停车场围殴欺负了朝高女生的日本高中生。那是革命浪潮席卷日本的年代，片中日本高中的男老师在课堂上举起日译本红宝书，向学生宣讲“世界是你们的，也是我们的，但归根结底是你们的”；京大西部讲堂前聚满参加学园斗争的学生，朝高男生们装了一车钢管过去，当武器卖给他们。钢管从哪里来？过去在日朝鲜人能从事的工作十分有限，收废品是其中一项，钢管就是从废铜烂铁里收拾出来的。

京都站附近的东九条是在日朝鲜人聚居地，也是被歧视的“朝鲜人部落”，片中的朝鲜人就住在那一带。那是市政服务绕道的区域，很长时间都没有铺设自来水管和天然气管道，环境很恶劣。

最近几年市政府下大力气改造这片区域，拆除了朽坏的老街区，居民可以搬到新建的公寓，但高昂的房价和房租对他们来说是很沉重的负担。这里还建了阔大的学校，据说原先在西郊的市立艺术大学今年要整体搬到这里来。这项举动想必会改变东九条的风貌，但被歧视和损害的群体并不会因此简单地得到救济。

电影的主线故事是松山偶然在朝高听到一首旋律优美、哀伤的朝鲜语歌《临津江》，对朝高乐团吹笛的李庆子心生爱慕，从此和朝高的学生们做了朋友。某日，一位朝鲜朋友不幸遭到日本学生的暴力殴打，回家路上又不慎遇到事故死亡。松山来到朝鲜部落的葬礼现场，却遭到笹野高史饰演的朝鲜大叔的怒斥：

> 滚回去！你吃过淀川的蚬子吗？吃过河堤上的野草吗？我们在故乡种着地，就被塞进了卡车。老母亲一直哭，跌在田里大哭！在从釜山来日本的船上，想着跳到海里去死吧。我们的祖国，几乎被这样抓空了！你们这些日本小子，知道些什么？要是现在不知道，今后也一直不会知道！我们和你们是不一样的！生驹隧道，知道谁挖的吗？国会议事堂的大理石，知道从哪儿挖来，又是谁给堆起来的吗？

这段话揭露了近代以来日本对殖民地朝鲜的种种剥削，讲述了在日朝鲜人的苦难遭遇。“淀川的蚬子”，是说鹤桥一带的朝鲜人曾经以河汊里满是泥沙的小蚬子为食。“生驹隧道”，是连接大阪和奈良之间的一段隧道；旧隧道于 1911 年开工，当时征用了许多朝鲜劳工，劳动环境很恶劣，有不少人因此死去；那一代有好几处朝鲜人经营的寺庙，供养石碑上写满朝鲜人的名字。若不了解这段历史，恐怕会看得一头雾水。

也是这次才知道，原来松山的原型正是日语版《临津江》的作词者松山猛，他是京都人，中学时偶然听到朝鲜中学的朋友唱这首歌，大受感动，后来译成日文，还添加了一段歌词，并发行专辑。但直到21世纪初，这首歌在日本一直遭禁，因为日本与朝鲜是断交关系，对这首诞生于1958年的朝鲜歌曲有不少政治方面的顾虑。如今，《临津江》仍是日本朝鲜中学的必授曲目，在校庆等场合一定会唱起。

马上就要过旧历春节了，这里的韩国城也会很热闹，不过我还有两周才放假。鹤桥有一家叫乐人馆的旧书店，专卖关于朝鲜半岛的资料，结课后应去探访一番。最近南通热闹起来了吗？虽然这个春节仍回不去，但新年后或许有机会，非常想去你说了许多次的新植物园看看。就写到这里，祝一切都好！

松如

壬寅腊月廿六

我格外留恋山边的冻云，突然降临的碎雪，
仿佛和冬夜一样悠长的假期。

癸卯年 二〇二三

新正观展

嘉庐君：

新春快乐！癸卯新正，敬颂起居康泰，如意平安。南通近来天气如何？街中想来很热闹，此地当然不过春节，不过京都国博本月有一个卯兔主题的特展，初一当日吃过午饭，就和从周一起过去看看。

东京和奈良的国博从周都去过，京都的倒是第一次来。馆内人不多，特展规模很小，有两幅中国画，李育的《月兔图》和陈星的《秋桂月兔图》，四平八稳，不算佳制。此外有几幅日本画，另有各种材质雕刻的大小兔造型。不是它们不可爱，而是兔的作品实在太多，反而不容易使人留下深刻的印象。日本的兔子形象，我以为最有意思的是《鸟兽戏画图》里的那些。这次展出的《十二类绘卷》也很好玩，讲十二生肖开歌会，貉纠集了非十二生肖的动物组队迎战，鹿做裁判，几番大战后貉方失败，最后出了家，这些都是完全的日本趣味。

常设展作品更丰富，我对书法室的禅僧主题最感兴趣，陈列着兰溪道隆、无学祖元、兀庵普宁、虎关师炼等人的作品，都是京都本地禅寺世代珍藏的作品，也是京都国博藏品的特点所在。当年，来自中国的禅僧（所谓渡来僧）和留学中国的僧人对日本文化影响深远，不仅传入了饮茶、作庭、书画等新风，还携来了许多珍贵的典籍。有一幅西郊临济宗禅寺正传寺所藏东岩慧安的《蒙古降伏祈祷文》很有意思。慧安是他的名字，东岩是道号，谥号为觉宏。1268 年，忽必烈命高丽向日本派出第二批使者，递交大蒙古国皇帝奉书，提出通问结好的要求，并威胁“以至用兵，夫孰所好”。这引起日本国内上下的强烈恐慌，幕府命各地寺庙神社祈祷降伏蒙古，从文永六年腊月廿七日（1270）至次年三月初一，东岩和尚在正传寺专心结愿，祈祷六十三日，这篇祈祷文是他现存两件祈祷文中的一件，言辞激烈，开篇是：

> 一心启白，八幡大菩萨，并六十余州五畿七道一切善神等，蒙古边州贪人，妄敌对此神国，而令来入于两度牒使。

落款是“文永七年庚午五月廿六日”。另一件祈祷文未展出，回家后在国立国会图书馆查到图像资料，比此件晚作一年，落款是“文永八年大岁辛未九月三五酉时”，篇幅更长：

一心启白，八幡大士，六十余州一切神等，今日本国天神地神祇，以于正法治国以来，部类眷属，充满此间。草木土地，山川丛泽，水陆虚空，无非垂迹和光之处，各各振威，各各现德，可令斫伏他方怨贼。昔在女帝，名曰神功，怀胎母人，相当产月，为防他州无量怨敌，誓心决定，起勇猛心。因之，国中一切神祇知其志念，皆悉随从，掷于干珠，大海枯竭，掷于满珠，海水盈满。无数怨敌，漂沉无余。此之两珠，俱是如意……此是如意摩尼宝珠，此是金刚吹毛利剑，乾坤之中，何物不降……何况蒙古，譬如师子对猫子矣。

日本将1274年、1281年蒙古的两度东征称为“蒙古袭来”，又称文永、弘安之役，最终蒙古船队遭遇强风而惨败，这些祈愿文也被视为发挥了作用，得到人们的崇拜和爱护，在明治以后，还被当作振兴国民精神的好材料。

还有禅僧一枝希维所绘《山水图卷》，卷首有一行署“文明丙申（1476）初秋下浣谨书”的细字，应为一枝和尚所留：

倭国画图，笔痴墨拙，岂可堪供大邦君子之一览乎？虽然，若赐一语，题左方者，希玄丹一粒，点铁作金矣。

这幅画在文明八年（1476）由一位叫新五郎的日本商人携往宁波，卷端留下了宁波文人袁应骧、金湜的题跋，是明初中日文化交流的重要资料。

绘画展厅有《洛中洛外图屏风》、张大千与溥儒专题展之类，没有特别可记的，我只喜欢溥儒一幅线描《篱边秋色图》，画了竹枝和一朵牵牛，简净朴素的写生，没有什么应酬的气息。想起李介祉题顾太清画册的一首《咏牵牛》："珠露团来枳落，翠云幻作花钿。倘是谪从河汉，曾插天孙鬓边。"据说京都国博的现场管理是出了名的严厉，工作人员态度淡然又目光犀利地四处巡视，提醒人们不要交谈，不要拍照，不要用铅笔之外的物品做笔记。在幽暗的光线与无处不在的轻微压力之下，观者自然也放轻脚步，屏息蹑足其中。

一楼还有阔大的佛教主题展厅，陈列着来自本地各处寺院大大小小的庄严佛像。看展很消耗体力，我早早坐在一边休息，等从周看完。巨大的佛像令人眩晕，原有的宗教空间礼拜的神圣感被除去，人们凑近说明牌，学习佛像的名称、来历、材质、意味，享用作为现代人简单的幸福，什么都能轻易见到。

闭馆后，我想去御所附近的一家书店看看，公交车不顺路，干脆步行过去。途经清水五条，那附近有许多瓷器店，路过一家，门口招牌说有韩国的旧瓷器，来自庆尚南道已废的金海窑。进去选了两个拙朴的茶杯，温润的浅青色，描着草花象嵌纹样。本来还想买个白瓷茶壶，像张律电影《庆州》里茶店女主人用的那种。偏偏店主用一种我不太欣赏的口吻说，这个器型是日本特色，韩国并没有，是为了出口日本才做的。日本看韩国的历史文化往往有这种优越感，我一向不认可，念及购买即投票的理论，放弃了进一步的消费。

此刻天色阴沉，据说要下雪，北边山头已覆盖了茫茫的白色。天气预报警示最近有极强寒潮，尽量减少外出。不过本周起是考试周，我马上就要出门监考，信只好写到这里，能不能很快收到你的信呢？十分盼望。再祝福你兔年愉快！

松如

癸卯正月初三

京都国立博物馆

雪后鸭川

鹤桥舞台

嘉庐君：

回信让你久等了。上周京都下了一场久违的大雪，到现在也没有完全融化。我已好些年没去过电影院，最近朋友推荐梁英姬的新片《汤与意识形态》，恰好学校考试也大致结束，就约了从周一起去四条乌丸的影院观看。

梁英姬是在日朝鲜人第二代，生于大阪生野区，也就是鹤桥附近。她父母都是济州岛人，但支持朝鲜政府，期待民族解放，积极参与在日朝鲜总联的活动，曾把三个儿子（都很年轻，甚至有的尚未成年）全部送去平壤，儿子们后来在平壤成立家庭，生儿育女。但统一和解放的愿景早已邈不可及，平壤生活的艰辛也很难掩盖，她的三个哥哥无法回到日本生活，父母只能持续给他们寄送钱物。导演从小接受的是北边的民族教育，毕业于朝鲜大学，也在大阪的朝鲜高中教过书，但后来去纽约留学，最终选择加入韩国国籍。这不单是意识形态的问题，主要还是因为方便——日本和朝鲜没有建交，不承认朝鲜国籍，在日本选择“朝鲜籍”并不意味着拥有朝鲜国籍，而等于事实上的无国籍者。他们出国只能申请类似难民身份的护照，十分不便。很多原本认同北边的在日朝鲜人选择韩国国籍，也是出于这样的原因。现在日本的“朝鲜籍”人数不到三万，其中年轻人更少。

《汤与意识形态》是梁英姬家族纪录片系列的最后一部，关于她母亲的故事。前面还有以父亲为中心的《亲爱的平壤》（2005年）和讲述哥哥一家故事的《再见，平壤》（2011年）。梁英姬的父亲是非常传统的大家长，希望女儿二十五岁前一定要嫁出去，美国人和日本人绝对不能嫁，最好是朝鲜人，韩国人勉强也行。梁英姬在朝高教书时，和比自己大三岁的朝鲜籍同事结婚，一年半后就因相处不善而离婚。那之后，她觉得自己已完成了父亲交给的任务，接受朝鲜教育，跟朝鲜人结婚，因此发誓从此要为自己而活，辗转留学海外，走上了独立导演的道路。

她跟父母一起去朝鲜探望过哥哥，对父母和哥哥认同的理想社会一向隐隐有怀疑。后来，她深爱的大哥早早病逝，成为一家人永远的伤痛。但她的父亲自始至终都坚持，死后要葬到平壤。虽然济州岛是牵挂的故乡，但平壤才是他一生为之奋斗的灵魂的归属地。而已加入韩国籍的梁英姬无法进入朝鲜，至今未能去平壤扫墓。

鹤桥附近的韩国城

她的新男友是日本人，叫荒井香织，比她小 13 岁，是自由作家。第一次上门拜访母亲，母亲虽不怎么喜欢日本人，但还是热情地煮了一锅朝鲜风味的大蒜参鸡汤。在整鸡肚子里塞满大蒜、人参、红枣，用大锅整整炖上四五个小时就成了。荒井渐渐获得了母亲的信任，也学会了做这道大蒜参鸡汤。如果说母亲的汤是这部片子的基底，那么核心部分则是探索母亲“为什么会把心爱的三个儿子送去平壤，为何意识形态是如此”。答案是，母亲是 1948 年济州岛四三事件的亲历者。

母亲 20 世纪 30 年代出生于大阪鹤桥，1945 年后随父母回到故乡济州岛。1948 年起，李承晚政府军警对岛上的左派人士和无辜民众进行了残忍血腥的屠杀，牺牲者据说有三万人，甚至更多，母亲少年时代的恋人也在其中。许多岛民偷渡逃亡至日本，母亲就是其中一个，之前跟你说过的诗人金时钟也是这样来到鹤桥的。四三事件是母亲漫长的噩梦，也使她坚定地选择北边的立场。梁英姬在最新的纪录片里追问母亲：“你把哥哥们送去平壤，有后悔吗？”母亲默默不言。

四三事件在韩国长期都是不可提及的禁忌，直到 21 世纪初金大中政权时期才制定了专门的“真相究明特别法”；2003 年，卢武铉公开向济州岛民谢罪，着手推动历史清算工作。不过，2008 年到 2017 年，李明博和朴槿惠两届保守政权时期，这项事业又被搁置，直到文在寅政府时期才又重新展开。纪录片中，济州岛四三研究所的研究者来到鹤桥，对母亲做口述调查，这也是梁英姬第一次知道如此详尽的细节。调查结束后，仿佛卸下重负一般，母亲的认知症迅速加剧，记忆如逝水流沙，作为记录者的女儿一点一点继承了这段记忆。

因为想着从周可能很多都听不懂，所以我看得格外仔细。影院几乎满座，观众全程屏息凝神，偶尔被诙谐的片段打动，发出轻轻的笑声。看完后，我跟从周复述对话和情节，感慨影片表现手法其实很朴素，难得的是持续几十年的追问与记录。片中的母亲在女儿女婿的陪伴下，参加了2018年4月3日济州岛的追悼大会。母亲的记忆已一片混沌，记不清初恋的名字，也记不清什么是“四三事件”。文在寅致辞说：“我们决心彻底厘清国家权力之下的暴力真相，化解牺牲者的愤怒，恢复他们的名誉。……我们必须直视惨痛的历史。直视不幸的历史，不仅在国与国之间是必要的，我们自己也必须直视，必须从陈旧的观念框架里闭锁的想法中逃离出来。”想必这样的话在你我听来，都心有戚戚。

看完纪录片的第二天，就和从周去了越鹤桥，探访了早就想去的乐人馆，那是在日朝鲜人开的旧书店，主人也是济州岛人。一直想好好写旧书店故事的续集，姑且在这里许个愿。京都这几天也没有那么冷，明天又到了节分祭，春天的确不远了。北野天满宫的梅花已开，不知故乡的开了几分？

松如

癸卯正月十二，立春前二日

岁末年初，京都下了几场大雪

弦歌四十

嘉庐君：

前日惠赐《国图古籍藏书印选编》电子书，闲来翻检，十分愉快。鹏公识出徐宗幹模糊的藏印，我也看到他谈起，佩服极了，原来是你的提问。不知有没有跟你说过，今年我亦第一次写了春联，正门外是“旧卷灯前卧金虎，新园雨后拂花枝”，化用友人曾君维德所赠诗句。他闻言又为我拟联语曰“杯倾虎珀闲披新居旧卷，笔转兔毫勤作旧事新篇”，十分应景，可惜我网购的对联纸已不够用。回头若真能勤劳练字，可以写在小笺上玩。客厅门上贴的是“隐修不离鹿之谷，耕读常在北白川”，上周台湾的鹿老师来近山楼小住，见此则笑曰“鹿来鹿之谷”，也很贴切。

日前去搬到比叡山中的书砦梁山泊访书，听主人岛元健作回忆20世纪60年代末参加校园革命的往事。说当时我国有民间演剧团访日，他作为革命派学生领导去后台帮忙，可惜当时没有回忆起更具体的细节。我打算对书砦梁山泊作一些深入的采访，写点靠得住的文章，只是不知何时能实现。

近来此地天日亦晴佳，但明天往后又有降温雨雪，好在春假已开始，无需起早赶路。眼下我有两个主要关心的题目，其一为钱仪吉家族的生活史，其二为吴其濬生平考订。前者倒是整理出不少资料，或许假期能写点完整的文章。后者的资料搜集却还很不够，固始当地倒也很关心这位状元，但文献整理水平尚称原始，没有什么现成可用的。乡邦文献的搜集整理力度还是以江浙地区为盛，湖湘、山右、云贵等地亦不劣，我暂时的方针是从吴其濬周边人物留下的资料中寻觅有无和他相关的记述。这笨办法效率不高，也容易走岔路，但乐趣不少。我从程恩泽的《程侍郎遗迹》中翻到一首和吴其濬有关的诗，正道无甚收获，却又见到两首和古琴有关的资料，或许你感兴趣，抄录如下：

> 沈栗仲同年宰鄠县，以弦歌化之，邑能鼓雅琴者，四十馀户，其治可想，以诗赠之。
>
> 一夫弦歌千室鸣，古有单父东武城。三代以还无此声，此声能使王侯贞。闲暇无事修太平，化我鸱鸮哺所生。云秋之水北入洣，上有神父秉周礼。攫深醳愉万事理，偶欲登高临渌水。诸生十百希厥旨，路人咸诧问所以，指丝桐曰命之矣。茆厂夜月弹流泉，杼声书声相纠缠。稍涉北鄙便自愧，何况洙泗龂龂焉。邦君凭轩赓古篇，邦人和之如众

仙。趣拜炎陵求练弦，剪其青牛锉双角，夔襄荐技班倕镌（君曾取炎陵梓作琴）。神农大笑投赭鞭，此调不传数千年。恨君不识袁孝尼，恨我不识元鲁山。于芗于曲已遍诵，广陵妙散胡可悭。不成章我亦不作，但欲博我高堂欢（时欲就君学琴）。进观君艺何斑斓，能诗书画奕剑丸。所可测者器数间，不可测者海波澜。廿年同举今甫面，冰雪同清铁同炼，愔愔琴德美可眷。君山岂受宣平荐，五技都穷卧花县。何当密友罗曲宴，三叠胎仙舞深院。座中哪有钟子期，只恐斟鹋侧冠弁。（卷二）

吾同年友沈栗仲取炎陵旁梓为琴，以予好谈琴理，以为雅似，因举一赠焉。予学之三月，不成声，将辍。乃漫谓栗仲曰，琴理予已得，虽不能操缦，何伤。栗仲曰，凡精微必始于器数，今舍器数究精微，譬若舍实践谈性命，禅门所竞，儒门所呵也，曷囊琴以待知者。我籥庭先生能弹而无琴，我蓄琴而不能弹，因举以转赠，以还栗仲之约，于其行以诗媵之。

炎陵之梓西浙弦，其声来自秋云巅。秋月泊水水泊天，十指以外皆流泉。沈侯鼓琴得琴理，不在弦声不在指。夜深危坐尽一卷，其味醰醰与琴似。无成与亏弹不成，我欲虚盗渊明声。沈侯轻笑姑舍是，不入器数焉识器数精。大弦琅琅老鹤鸣，细弦哑哑雏鹤清。似断似续，似欲罢不得罢，魂梦已压江潮行。此时无声有太息，天外凤凰当户立。香炉茗碗俱静好，翠竹红梅各颜色。我友能弹不轻弹，神理悉与琴相关。太虚惟漠惟淡泊，下视人世殊咸酸。手修太平润鸿业，只在殿角熏风间。快雪封条拭琴漆，送琴出门杲杲日，思君重话寥天一。（卷三）

这两首诗套话不少，但题记和诗注不乏有趣的信息。前一首诗注提到的“君曾取炎陵梓作琴”，湖南李花蕾等学者已有考证，然而对这两首诗似无详注。我觉得这段琴缘很有意思，便作些笔记。

前一首诗题称同年，因程恩泽（1785—1837）与沈道宽（1772—1853）同为嘉庆九年（1804）举人。程恩泽嘉庆十六年（1811）中进士，沈中进士在嘉庆二十五年（1820）。程恩泽中进士后改翰林院庶吉士，散馆授编修。道光元年（1821）在南书房行走，是年充四川正主考。二年补詹事府右春坊中右中允，三年放贵州学政，补翰林院侍讲，转侍读。五年补春坊右庶子，冬补侍讲学士，次年调湖南学政。九年丁母忧，归故乡。十一年服除入京，仍在南书房行走。十二年以候补祭酒，特放广东乡试正主考官，十二月命在上书房行走。此后历任内阁学士、文渊阁直阁事、工部右侍郎、殿试读卷官、经筵讲官等，道光十七年夏受暑湿病殁。

再看沈道宽履历，进士后以知县分发湖南，道光元年摄宁乡县，二年摄道州，三年补酃县，八年调权茶陵州，十年回任，十一年充乡试同考官，十二年调权耒阳，是冬调补桃源。十八年以事去官，侨寓长沙，与本地文人酬唱往来极频。咸丰二年（1852），太平军破湖南，沈东下至扬州，咸丰三年，太平军陷金陵，又徙居泰州，是年九月卒。程恩泽官职固然远高于沈道宽，而沈道宽

搬去比叡山中的书砦梁山泊

主政酃县时，受他影响，当地能弹琴的竟有四十多户，在我看来很不可思议。

程、沈二人的交集应该在道光六年至八年之间，其时程恩泽任湖南学政，沈道宽主政酃县。同治十二年《酃县志》卷四《炎陵》杂说引《客窗随笔》：“炎陵诸山中多梓木，中琴材。沈栗仲先生宰酃，得旧梓木七尺馀，陵间千岁物也。琢为琴，名炎陵文梓。”下注曰：“铭词云，青牛文梓，生自洣泉。千岁而僵，霜雕露镌。布以金徽，絙以朱弦。流声弈祀，为木延年。”

又一条云：“沈栗仲先生逾年春祀至陵，过溪桥，驾两木焉。谛视之曰，此梓也。遂命胥役购他木易之，取而归，斧其近朽者，又制琴七，均名曰炎陵文梓，各系以铭。”注曰：“一云伊溪桥，驾文梓。违其材，木之耻。取为琴，中宫徵。历百世，配君子。一云炎陵之梓，中含希音。弃置原野，日炙雨淋。我取其材，斫为雅琴。山空水清，鹤唳猿吟。一云千年妙质佳且久，用违其材乃速朽，文轸朱弦木之寿。一云伊良材，弃村疃。走埃壒，践鸡犬。絙朱弦，设文轸。收其用，未为晚。”湖南博物院今藏炎陵文梓琴一张，铭文正是“伊溪桥，驾文梓”那段，不知其余七张琴下落如何？

前一首诗中有一句“但欲博我高堂欢”，所指为谁？程恩泽父程昌期为乾隆四十五年（1790）庚子恩科探花，授翰林院编修，官至侍读学士，入直上书房。乾隆六十年卒于山东学政任，其时独子恩泽方十一岁，故而这里的“高堂”应指恩泽的母亲。《程侍郎遗集》卷八有《先母项太恭人事略》，未记母亲名讳，但记字玉书，父总兵项际会，母程氏。恩泽祖父程步矩与项际会为中表亲。项际会请程步矩馆于家，见程昌期颖异非常，诵《十三经》如流，很觉奇异。当时项玉书也在程步矩塾内，聪颖非凡，进退合度，亦深得程步矩欣赏，于是两家结亲。程昌期去世时，程恩泽尚幼。后来他十五岁入泮，二十中举，二十七成进士，皆离不开母亲篝灯督课之功。不过《事略》没有提到母亲对于古琴的爱好，只说她“尤好岐黄书，辨寒热虚实，虽专家不能夺也”。项氏卒于道光九年二月十六日，年七十五，则前一诗必作于道光九年二月十六日之前。又云“廿年同举今甫面”，则前一诗或作于程恩泽初任湖南学政的道光六年（1826）。

后一首题记中的“ 篛庭先生”为池生春（1798—1836），云南楚雄人，嘉庆二十四年举人，道光三年进士，选庶吉士，散馆后授编修，道光八年任陕西乡试正考官，后升南书房行走，道光十三年至十六年任广西学政，期满后擢国子监司业。观诗中“快雪封条拭琴漆”“送琴出门”等语，应作于程恩泽、池生春同在北京的时期，再看此诗前后篇目所作时期，大致可推定，此诗应作于道光十二年前后，即程恩泽丁母忧期满归京后。

《程侍郎遗集》卷三还有《雪中退直赋呈同直祁春浦池篛庭》《倒叠雪中退直韵赠池篛庭》，诗注“篛庭典试戊子科陕西乡试”“许滇生时使黔回，尚未到”“篇庭甫自关中归，余时忝官祭酒”云云，综合池春生自陕回京、许乃普任贵州学政、程恩泽任国子监祭酒的时期，则这两首诗当作于道光八年末，亦可知程恩泽与池生春在送琴之谊之前早有同直南书房的情分。道光九年，祁寯藻诗《郴石砚歌》有句“君不见沈侯之琴堂上弹，四十馀户操《幽兰》”，注曰“沈栗仲道宽宰鄜县，取炎陵文梓为琴，邑人化之，弦歌者四十余户，亦见春海诗”，可见沈道宽的炎陵梓琴经程恩泽传扬，亦为上层京官群体所识。按说应该再去翻翻池生春的诗文集，不过暂未找到电子版。云南省图有方树梅辑《池司业遗集》三卷抄本、彭昱尧编订《池司业遗稿》不分卷（同治间刻本），其中会写到这段赠琴的故事吗？

天色已晚，我也该从岔路漫游中转身了。春节前看到有消息说南图要公开一部分清人文集的电子资料，但我现在还打不开网页，不知你有没有关注？海外僻地，来往不便，要看这类资料，实在仰赖数据库的慷慨。此刻金泽正在我身边酣睡，我觉得很平安，也祝福你，并盼来信。

松如

癸卯正月十九

雀吮吸樱花蜜，下一秒就要扔掉花朵

白幽子传

嘉庐君：

展信平安。

来信所示胡蘋秋一札很有趣，所费亦廉，实在大妙。本周四是此地万寿节，公休日，午后天气晴佳，想出去散步，然而著名寺庙大多已去过，博物馆尚未到春季观展期，一时竟想不出该去哪里。跟从周感叹，还是北京好，可以去的地方有许多。他嘲笑说："你在北京不是也很少出门，就爱待在家里吗？再说北京地方大，都下午了还来得及去什么地方玩？"后来我决定去附近的瓜生山寻觅白幽子隐居之地，这里有一段旧话，容我慢慢道来。

十来年前，刚转入东洋史的时候，修了一门中国哲学的课。那位老师即将退休，不爱上课，开场就说你们不必担心学分，不来也没事。他上课总迟到，好容易来了也一直滔滔闲谈，兴致起来就带我们去人文研分馆房顶上吹风远眺。又一日，他说要带我们去看一位仙人隐居的地方，约了时间，结果没几个人来，他也不在乎。我稀里糊涂地跟着他进山，只记得沿着北白川附近一条山溪走进树林，路过一座朴素的神社，来到一块布满青苔的巨石跟前。老师说，江户时代的禅僧白隐年轻时修行太刻苦，得了肺病，别人告诉他可以去北白川的山里找白幽子。白隐来到山中，就在这巨石跟前遇到了隐修的白幽子。其时白幽子已一两百岁，向白隐传授内观之法与软酥之法，白隐肺病遂愈。

老师讲完故事，特地嘱咐我多留意这个传说，因为那时我已决定硕士论文写肺结核的社会文化史。不过这则传说与我要做的时代和区域没有多少关系，很快就被抛诸脑后了。

但瓜生山离居处很近，时常路过，这个名字也很有意思。今读“ウリュウヤマ”(uryuyama),古代读“ウリフヤマ”(urifuyama),本以为是以音选字，和“瓜”无关；但文献却说因为曾在这山中居住过的牛头天王喜食黄瓜，才如此称谓。牛头天王据说是祇园精舍的守护神，因此是日本祇园信仰中的神灵。平安时代中期的歌人藤原元真有和歌云：“瓜生山的红叶中，鹿鸣的声音，虽然深远，却也能听见呀。”从前住在银阁寺前的小山坡上，夜里在家门口迎面遇到过鹿，那儿与瓜生山就离得非常近。

黑川道祐著《雍州府志》卷一有“瓜生山”：

在白川南，净土寺村上，相传牛头天皇自播磨国广峰始现此山，故俗以为木瓜、天王之所好也，依之画木瓜于板面，代画马而揭祇园社头。藤经赖记云，后一条院为玩红枫，经瓜生山，被赴志贺山越云云。惠庆法师和歌序曰，月光清寺在瓜生山下云云。此寺未知在何处也。志贺山越在山中越南。

这段记述颇可玩味，牛头天王发源于播磨国广峰山，今兵库县姬路市广峰山顶有广峰神社，祭祀的便是牛头天王。而此处的“木瓜”并非“投我以木瓜”的蔷薇科植物，而是日本的传统纹样，取木瓜切面的圆形，其内绘唐花，有四瓣、五瓣、六瓣不等，统称“木瓜纹”。祇园信仰的神社纹样皆为五瓣木瓜纹，“画木瓜于板面”云云，即以木瓜纹为祇园神社供奉的纹样，“画马”即“绘马”，你来日本时应该见过，神社里有许多，绘了吉祥纹样的木板，人们在上面写满祝福。如此说来，牛头天王与木瓜纹相关，而非黄瓜，所谓牛头天王喜食黄瓜，应该是传说在后世的变形。

藤经赖即平安时代中期的公卿源经赖，著有日记《左经记》，是日本史研究的重要史料，但今传各本《左经记》并未见后一条天皇与瓜生山的记载。不过平安时代末期至镰仓时代初期的僧人显昭所著《袖中抄》转引《左经记》云：“后一条天皇时，殿上人为红叶逍遥，越过志贺山，经瓜生山云云。瓜生山在白河之泷上。”“志贺山越”是近江国的歌枕，意指越过志贺山的行旅，即从北白川翻过东山，抵达近江国志贺里的这段山道。元真和歌里的鹿（shika）即歌枕“志贺”（shiga）的双关。

志贺越道是古来连接京都与近江国的要道，如今是京都府道、滋贺县道的一段，通称下鸭大津线，从荒神口往东北方向斜走，在京大本部校区内中断，又从京大农学部以东的地藏菩萨石像处继续东行，一直通往比叡山，抵达琵琶湖畔。之前去比叡山探访搬家后的旧书店书砦梁山泊，便是走志贺越道。不过如今“志贺越道”就是“山中越道”，黑川云“志贺山越在山中越南”，可知在他的时代，这两段路并不重合。

查谷歌地图，倒是有白幽子的石窟遗迹，但只抽象地标记了瓜生山中的一段虚线，并没有什么路。我凭多年前的印象，沿白川向北走了一段，却发现偏离了瓜生山，眼看要往比叡山而去。只好撤回来，四处乱逛，不知怎么在浸信会医院旁发现一条树丛蓊郁的小山道，清溪汩汩而下，正是印象里湿漉漉的山坡。

果然没走出多远，就有一座大山祇神社，祭祀的是地龙大明神，说是山里的龙神。不过神社似无人管理，林木森森，有一株大梅树正当花时。鸟雀在高处吃花蜜，梅花紧贴花枝，不似有一截花梗的樱花那样易被啄断，所以没有像樱花那样被啄落满地。虽是标高三百米的小山，却也有笔直挺立如屏风的柳杉林。山中不少倒木，气氛森然，应该是最近几年近畿特大台风所遗痕迹。溪水旁有许多大小不一的花岗岩块，多数有修凿的痕迹，还有一

富冈铁斋书“白幽子岩居之迹”

块已雕成莲花形的大圆石，不知为何弃置于此。有的年代还很久远，布满青苔。白川一带自古出产黑云母花岗岩，石匠聚居，如今附近仍有不少卖石灯、墓碑的店铺。被山溪冲下的碎石铺在河底，色泽洁白，这便是“白川”的来历。这些细腻晶莹的白川砂石是枯山水造景的好材料，不过如今为了保护环境和景观，已禁止开采。

山顶不远处果然有巨石，其旁是富冈铁斋所立石碑，正面是“白幽子岩居之迹”，背面是“白幽子，名慈俊，石川丈山之弟子，石川克之弟也。晚年隐居此处，尝为白隐禅师说内观休养之法焉。往年余与同志相谋，修其墓。而余亦恐其岩窟及清泉之湮灭，再议建石，以谋不朽。明治三十九年十月，铁斋富冈百炼识并建”。可惜碑文曾遭凿损，难识铁斋风采。

最早记录白隐邂逅白幽子传说的，是宝历七年（1757）刊白隐著《夜船闲话》，说白幽子所居洞口垂有芦帘，窟内全无资生之具，桌上只有《中庸》《老子》《金刚经》。白幽子告诉白隐，自己捡拾栌栗而食，伴麋鹿而眠。而眼前这巨石并无可以容身或安置小桌的洞窟，颇怀疑白幽子当年在此别有居所，或者数百年间巨石已发生变化。真相如何，大概只有鹿与山溪知晓。

其实早有学者指出，白幽子在白隐探访北白川之前已去世，享年六十四岁。不过白隐的记述在江户后期已流传甚广，良宽就曾向友人推荐白幽子的养生之法，并作汉诗一首：“纷纷莫逐物，

传说中白幽子隐居的瓜生山，清溪汩汩而下

默默宜守口。饭吃肠饥始，齿叩梦觉后。令气常盈内，外邪何漫受。我读白幽传，聊得养生趣。”

白幽子葬于吉田山中神乐岗墓地，明治年间墓碑遭窃，不久富冈铁斋重立了一座，正面是“松风窟白幽子之墓”，背面是“白幽子墓旧在此所，明治卅四年某月有窃去之者，余恐古迹亡灭，因某有志重修之”。奇妙的是，1943 年，京都法轮寺住持在东京青山墓园内竟偶遇失窃的白幽子墓石，遂将之运回京都，今存法轮寺，可见白幽子与京都因缘不浅。神乐岗墓地在真如堂以北，江户时代的学者、考证学家藤贞幹也葬于此处，距离白幽子墓几步之遥。墓石正面是篆书“无佛斋先生之墓”，侧面碑文云：

> 先生姓藤原，讳贞幹，字子冬，蒙斋其号，称藤叔藏。平安人，其先盖出于吾二十一世之祖云。敦敏博古，最精典章，所著有《天智帝外纪》《延历仪式帐考图》《乐制通考》《七种图考》《古印谱并考》《钱谱》《集古图》《逸号年表》《书学指南》《好古日录》《小录》等，文务简捷而证据甚确，宽政丁巳八月十九日以疾终，享年六十六，无嗣。先生雅尚实学，不好释氏，因别号无佛。门人藤原以文礼葬于神乐岗东足云。正三位行权中纳言兼右卫门督藤原朝臣资爱志，从五位上行少监物兼备前守纪朝臣宗孝书，平安三云考篆，文化十年八月十九日藤原以文建之。

藤原以文即山田以文，是吉田神社的神官，死后亦葬神乐岗墓地。藤原朝臣资爱即江户后期的公卿日野资爱，擅长诗文和歌，与赖山阳有交往。纪宗孝即国学家高桥宗孝，葬于真如堂。平安三云即篆刻家三云仙孝，出身京都医学世家。京都这些旧迹太多，江户时代的石碑似乎也不在文保范畴之内，任由风雨侵蚀。

此刻夜寒侵人，而从明天开始，气温即将升高，春天真要来了。我格外留恋山边的冻云，突然降临的碎雪，仿佛和冬夜一样悠长的假期。信暂写到这里，盼你回信。

松如

如月初八

三云仙孝所书“无佛斋先生之墓”

鲲女草书

嘉庐君：

见信好。

这几日春天已到来，午后鸭川沿岸坐满了晒太阳的人，梅花将至盛极，家中瑞香也开了。春光流逝极速，不小心就耽误了回信。近年本土学者创作的历史学普及读物很多，精彩的有不少。我们虽没有这种书写传统，但如今从业者群体扩大，加之海外汉学日益萧条，想必今后还会有更多的自产自销。

之前翻清末女性作家、翻译家薛绍徽（1866—1911）的《黛韵楼诗集》，见1904年有一首《东海女史草书歌》，题注曰：

> 女史名鲲，日本西京人，十岁能作擘窠大字。道光时，其国仁孝天王天保之末召见便殿，试书法。女史方十二龄，

不欲事宫禁，翻墨污纸上，忤旨放归。及长，归士人而寡，遗一女，作海棠颠然。女史书法倾通国，到门求书者户为穿，赖润笔糊口。绎如夫子入西京时，见女史已五十余岁，白发皤然，能笔谈其前朝遗事。赠绎如草书一幅，风流婉约，大有公孙大娘剑器飞舞之妙。余爱而藏之，近始揭表，因系以歌。

提到京都过去的女性书家，我只知道为真如堂题写匾额的理丰女王（1672—1745），是后西天皇的第十一皇女，11 岁入宝镜寺出家，后来成为宝镜寺住持，曾跟随狩野周信学画。今宝镜寺藏有理丰女王自画像，作禅门装束，僧衣遍绘象征皇室身份的菊纹，笔致极精细典雅。这位鲲女的身份远没有这般尊贵，文化十四年（1817），她生于越后国岩船郡山边里（今新潟县村上市），本姓稻叶，父觉世为地方普通医生。鲲女名爱，因喜《庄子》典故，又名鲲，号东海女史。她自幼热爱书法，文政五年（1822），随父母来江户，后至京都，从智积院僧人道本学书。光格上皇闻其名，特许觐见，并赐酒杯。鲲女游历各地，后至大阪，天保三年（1832）嫁给秋田藩商人冈村与七。明治二十一年（1888）一月病殁于大阪。赖山阳《山阳遗稿》卷一有《阿鲲草书词》（1826），题注云：

东海女子阿鲲，九岁善草书，从父来游平安，诸王摄箓往往召观。遂抵上皇御览，赏赐禁窑酒杯等。其父索诗纪荣，为作小词五阕与之。

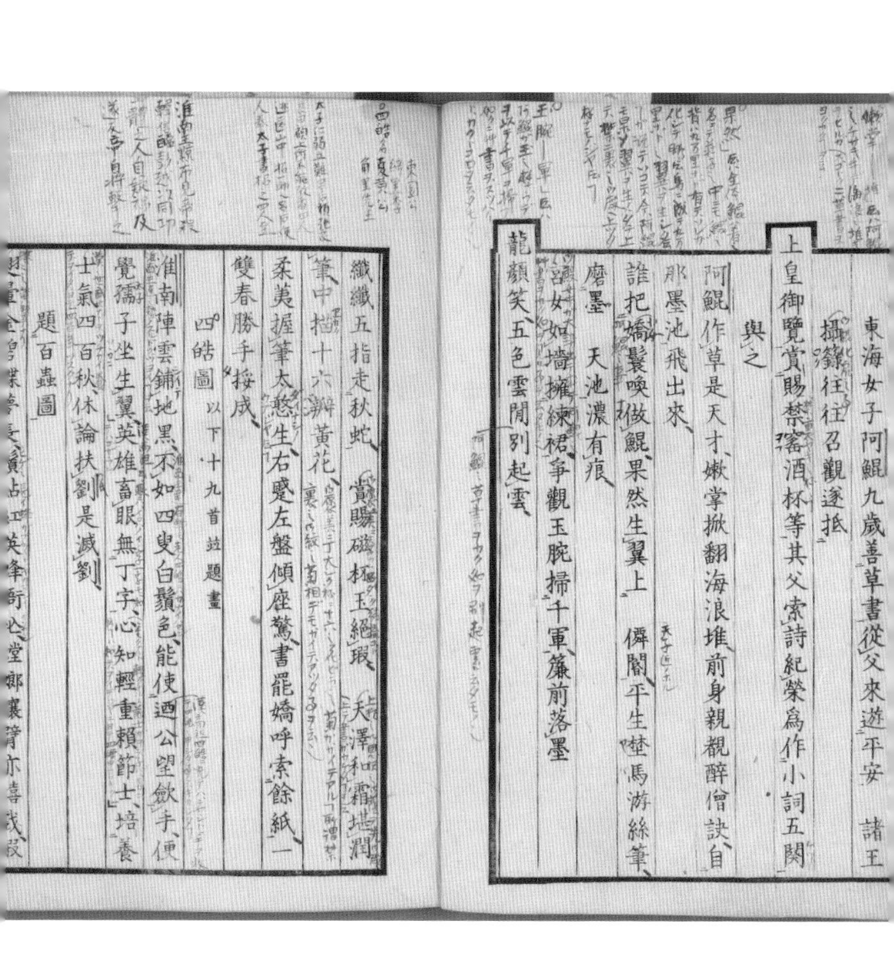

早稻田大学图书馆藏《山阳遗稿》卷一《阿鲲草书词》

诗虽不好，但妙在有记事的几句，比如第四首“纤纤五指走秋蛇，赏赐磁杯玉绝瑕。天泽和霜堪润笔，中描十六瓣黄花”，说的是上皇赏赐禁中器物，都绘有专属皇室的十六瓣菊花纹。鲲女存世草书作品中，有“东海鲲女九岁”的落款，理论上说正是鲲女名扬古都、赖山阳应稻叶觉世之请为其作诗的前一年所书。有意思的是，幕末浮世绘师溪斋英泉的《契情道中爽婌》系列中有一幅，画面左侧的屏风上是草书“明知华月无情雨”，落款赫然是“东海鲲女九岁”，足见她的书法曾经流传甚广。而父母带着天才少女游历各地博名，若在讲究闺范的儒者之家，肯定是无法想象的事。由此也可见鲲女出身市井，并非武家或儒者之家的女儿，因此不太受儒家礼法约束。

鲲女觐见光格上皇在文政九年（1826），当时是仁孝天皇在位，薛绍徽题记中的“天保之末”应为“文政之末”。不过故意翻墨污纸的故事，却不见日本文献记载，不知所本为何。“遗一女”的信息亦不见于日本文献。薛绍徽丈夫陈寿彭访日在光绪九年至十一年间（1883—1885），当时鲲女年近七旬，所谓“五十馀岁”应是讹传。维新以降，幕藩制解体，曾高度依赖秋田藩财政的冈村与七失去收入来源，经济困窘，鲲女只好鬻字为生。赠陈寿彭书法，大概就像以前跟你说过的野口小蘋那样，出于社交需要与清国读书人往来，得些润笔。关于鲲女晚年的情形，日方资料几乎空白。这首在她身后由异国女性写下的诗，却意外地留下了她暮年的余晖一缕。长诗细述鲲女生平，详尽深情远逾赖山阳的五首绝句，足见薛绍徽的才华，及对日本史事的精通。而对维新世世变后人争尚新的感慨，也是薛绍徽借此抒己胸臆：

昔读日本宝刀歌，谓有坟典未消磨。今日草书见东海，蛟腾龙起无颓波。折钗屋漏具变化，臬松削柳纷婆娑。张颠不作怀素死，如何海外生娇娥。娇娥于今亦老大，犹能婉转言前代。忆曾龆发挽双鬟，橿原宫中赐螺黛。是时天王正右文，史臣记有山阳赖。收钟频闻铸炮声，锁国未见攘夷害。阿侬有母爱掌珠，拂袖前殿倾墨盂。绮罗不御御荆布，煮字能为反哺乌。亡何尊王议纷起，男山节刀赐庆喜。蜻蜓洲势竞喧嚣，蝴蝶阵容忽披靡。狼烽震动萨摩洲，将军归政成通侯。雍容车驾竟东幸，老妇归来亦白头。世风争尚旁行字，汉学反遭俗眼忌。惟馀章草与和歌，一线姑留残喘地。迩来薪米似珠玉，翰墨因缘惟仰屋。扶持仅仗森春涛，大厦究难支一木。旧年东村犬豖家，寡妪有子面削瓜。只因好武从军去，战死台湾泪似麻。尔我初逢怜共命，惺惺相惜慰老病。我虽橐笔常苦饥，犹幸不闻笳鼓竞。四十年来事若梦，梦里王侯几断送。回首故宫黯夕阳，笔底烟云忧患众。绎如语罢遥叹息，余亦为之声唧唧。乃知徐福遗子孙，十洲三岛多荆棘。空教百济求千文，朱瑜老去文章熄。此妇贫贱尚草法，两其足者傅以翼。娟娟静婉欲生姿，合与香闺作楷式。风涛夜撼海山鸣，无数虬龙上素壁。

橿原宫是《日本书纪》《延喜式》等文献中记载的皇居名，是传说中神武天皇即位后居住的地方，但遗迹早已湮没，不知究竟在何处。江户时代以来，对本国历史感兴趣的文人学者纷纷考证橿原在何处，后来推定在奈良盆地南部、亩傍山东南地区，今奈良县有橿原市，却是战后才建成的行政区划。去夏往飞鸟地区访古，路过橿原站，也下去转了一圈，阔大的神宫完全是近代以来新造，空旷且无甚趣味。日本许多所谓历史遗迹都是近代后的发明创造，比起观光地，更适合作为近代政治文化史的研究对象。橿原宫是薛绍徽用的典故，鲲女受光格上皇召见当在京都御所。

"蜻蜓洲"是日本的古称，读作"あきつしま"（akitsushima），又写作"秋津岛""秋津洲""蜻蛉洲"等等，《万叶集》里有一首《天皇登香具山望国之时御制歌》，就出现过这个词，钱稻孙译过三个版本，"腴哉国也，有秋之大和"，"真是美地方呢，这个有秋收的大和之邦"，"好地方啊，好地方！大和国是秋津洲"。并解释"秋津洲"，"秋"之言收成，"津"犹言"之"，是日本赞美其国土的雅名。

"汉学反遭俗眼忌""惟馀章草与和歌"，说的是明治以后，传统汉学如明日黄花，骨格秀劲、一般被认为是男性书法的字体不再流行，只有象征国风的假名书法与和歌尚余一脉。

森春涛（1819—1889）名鲁直，字希黄，是幕末的汉诗人，出身尾张的医学世家，明治后定居东京，结成"茉莉吟社"，创设出版社“茉莉诗店”，刊刻诗文集颇多。“茉莉”之名来自他居处所在的下谷摩利支天横町（今东京台东区上野），茉莉（mari）与“摩利”日文同音，将佛教典故化成清人时常歌咏的花卉，这种妙趣充分说明春涛作为汉诗人的审美意识。森春涛常以“茉莉园”“茉莉巷”“茉莉巷凹处”指称自己的住处，仿佛是江南人家。其子森槐南（1863—1911）也是汉诗人，曾在东京帝大教授中国文学。森春涛帮助鲲女的事迹不见他书记载，而薛绍徽此语必有所本，或许是当日鲲女对陈寿彭所说。

鲲女的事还令我想到辛亥初董康寓居京都时雇来抄书的藤田绿子，《书舶庸谭》卷四1927年4月26日条：“尔时藤田绿子被佣为女中，余赏其楷书，娟秀且有大家风范，令专司缮录，并为银宝课和歌及和文书札。”董康曾住在吉田山神乐岗，他东渡时身份地位很高，经济状况亦好极了，所以称1913年新建的住宅“仅二百余坪”（坪为日本的面积单位，1坪约3.3平方米）。而罗振玉说过“乃于净土寺町购地数百坪，建楼四楹”，则绝不会用“仅”来形容。借居在吉田山神乐岗八番地的王国维曾云“背吉田山，面如意岳，与罗、董二公新居极近，地亦幽胜，唯去市略远耳”，如今这一带毗邻大学，超市、餐馆等生活设施众多，已非“去市略远”。银宝是董康四女，1926年亡故。1927年董康重游京都，听说三年前藤田绿子已与其姊节子赴松山市，充新闻记者，尚未适人，此时绿子大约三十六岁。绿子是山口人，可

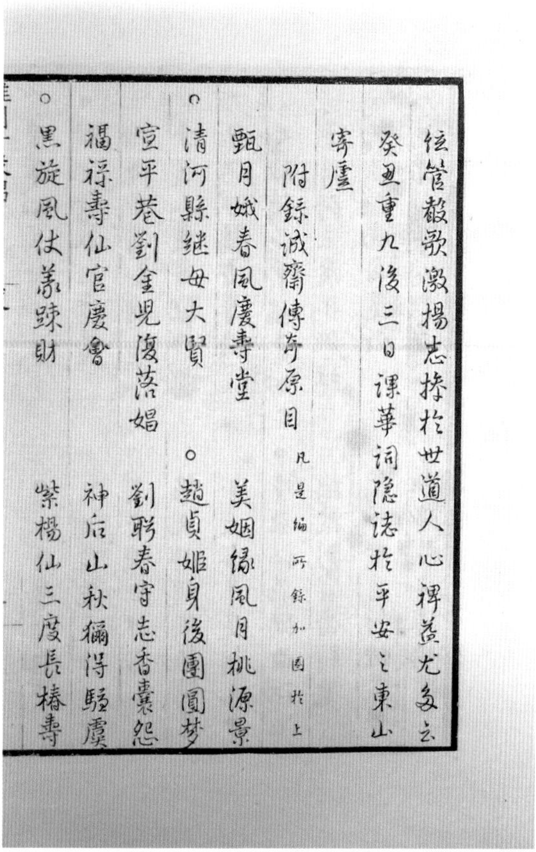

絃管殽歌激揚忠孝於世道人心裨益尤多云
癸丑重九後三日課華詞隱誌於平安之東山
寄廬
附錄誠齋傳奇原目　凡是編所錄加圈於上
甄月娥春風慶壽堂　美姻緣風月桃源景
○清河縣繼母大賢　○趙貞姫身後團圓夢
宣平巷劉金兒復落娼　劉盼春守志香囊怨
福祿壽仙官慶會　神后山秋獮得騶虞
○黑旋風仗義疏財　紫陽仙三度長椿壽

珂罗版精印《杂剧十段锦》卷首，
藤田绿子手书董康1913年重九后三日识语（部分）

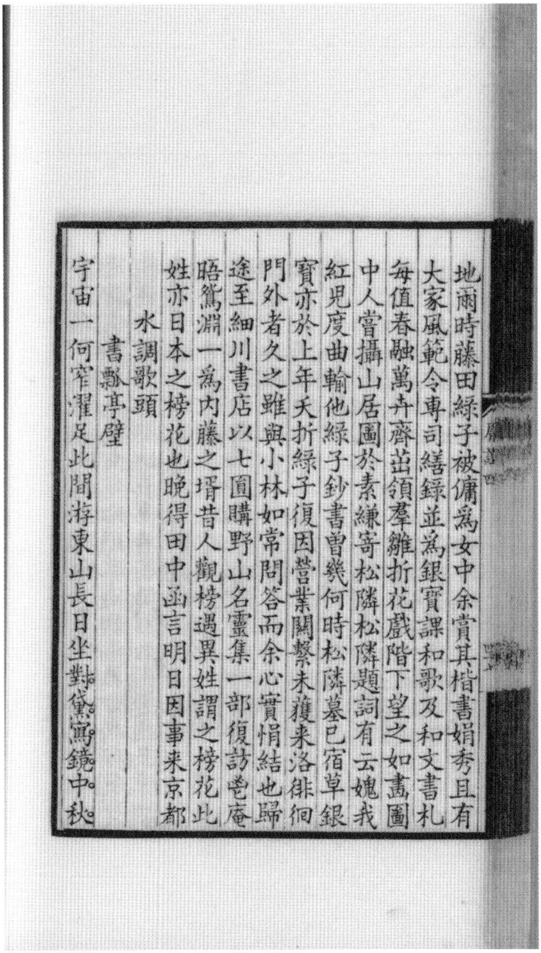

地爾時藤田綠子被傭爲女中余賞其楷書娟秀且有大家風範令專司繕錄並爲銀寶課和歌及和文書札每值春融萬卉齊茁領羣雛折花戲階下望之如畫圖中人嘗攝山居圖於素縑寄松隣松隣題詞有云媿我紅兒度曲輸他綠子鈔書曾幾何時松隣墓已宿草銀寶亦於上年夭折綠子復因營業關繫未獲來洛徘徊門外者久之雖與小林如常問答而余心實悁結也歸途至細川書店以七圓購野山名靈集一部復訪卷庵晤鶯淵一爲內藤之壻昔人觀榜遇異姓謂之榜花此姓亦日本之榜花也晚得田中函言明日因事來京都

水調歌頭

書瓢亭壁

宇宙一何窄濯足此間游東山長日坐對黛。寫鏡中。秋。

董康《书舶庸谭》（1928年石印四卷本）中提到的藤田绿子

藤田绿子二十四岁小影

惜不知她更多信息，应该也是读书人家出身。我最早是在董康请小林忠治郎影印福井崇兰馆旧藏宋本《刘梦得文集》跋中认识绿子的书法，娟娟小字，妩媚圆柔，是写惯平假名的女性笔法，比鲲女的书法更有日本风味。

1913 年，董康在京都请小林忠治郎以珂罗版精印《杂剧十段锦》百部，靛蓝封面，护页用柔软的宣纸，内文用坚密洁白的和纸，玻璃版取原书版心部分，灰度调至极淡，乍一看仿若原书，字迹浓淡相宜，十分精美。卷首就是藤田绿子手书董康 1913 年重九后三日识语：

> 右《杂剧十段锦》，分甲至癸，凡十集，不著撰人姓氏，节目科白，每类元曲，或疑出元人之手。……此书近唐楼朱氏结一宧亦收之，而误为宋之杨诚斋，且仅十卷，恐非卅一种之旧矣。朱书后归丰润张氏。张侨寓金陵，辛亥国变，藏书散佚，文求堂主人田中君竭力收购，独缺此书。意者已罹台城之浩劫欤？是集亦上年出巨金获自文求堂者，卷端自史明古而下，朱记累累，夙为艺林珍秘，已可概见。诚恐过眼烟云，倏归寂灭，亟属小林君仿古香斋本，用玻璃版精印传世。

卷末有王国维此年八月所撰跋文，称董康“至于流通古书，嘉惠艺林，则尤有古人之风”。另有一种巾箱本小册，用薄绵纸缩印此本，亦颇精致，纸面略渗油迹，疑为石印。

彼时罗振玉、廉泉等人也请藤田绿子抄过书，近年拍卖场上见到1916年小林忠治郎珂罗版影印藤田绿子录廉泉《南湖东游草》。卷首有绿子小照，梳大正年间常见的高髻，脑后有大蝴蝶结，当时留日的中国女性亦多梳此髻，并将这种流行带回国内，即所谓的东洋髻。廉泉认识绿子在1915年，认为她“书追晋轨”，还写过一首多情的赠诗，“万壑松涛迎翠袖，一帘花影写乌丝”云云，堆砌绮词艳句。1913年，吴昌硕也给绿子写过赠诗，“绝类吾家三一娘，上元越本重缣缃。风鬟雾鬓还依约，云海蓬莱望渺茫。槎客问奇秋思远，萧楼诵赋月华京。吉田山色添蛾黛，手把疏花拓硬黄”，比廉泉的诗稍好些。

前几年，友人林哲夫先生在旧书店偶然买得一把草书折扇，写的是“见酒垂涎便去吞，何曾想到没分文。若非撞见庞居士，扯来拖去怎脱身”。只觉书法俊秀，打开时一下子被吸引。后来仔细研读，发现钤印竟是“鲲女”，落款是“东海鲲女九岁”，早已被遗忘的女性书家就以这样的方式与人重逢了。

松如

癸卯惊蛰

书史拾零

嘉庐君：

最近这里骤然入春，小院植物复苏，每日都能收获一小篮盆栽叶蔬。虽然焯水后只有很小一盘，却也十分满足。昨夜下了大雨，清晨起来，樱桃花落满地。去花店转一圈，什么都喜欢，犹豫不决，最后只买了几包蔬菜种子。天井隙地光照不足，地气潮湿，似乎适合种兰花。这里也有很多春兰品种，不过照料起来太费功夫，也就知难而退了。

这几年书籍史研究很热闹，好比前些年的医疗史研究。只是我们近代之前的读者绝大多数都是精英阶层，真正的普通人的资料实在太少。前日翻检女性诗文集，见国图有李氏半亩园光绪二年（1876）刊叶蕙心《尔雅古注斠》附《兰如诗钞》。李慈铭对《尔雅古注斠》评价颇高，“其搜采较臧拜经所辑为多，间附按语，亦甚精密”，称其与夫婿李祖望“伉俪研经，唱随雅诂”，但“末附刻诗一卷，则未能工也”。

胡适曾感叹清代女子的著述成绩实在可怜，“至少有百分之九十九是诗词”，“绝大多数都是不痛不痒的作品，很少是本身有文学价值的”，“学术的作品不上千分之五”，这是胡适因女性才华被压抑和埋没而有的激愤之言。以今日的眼光看，即便是“不痛不痒”“未能工也”的诗词，也值得作为史料重新品读。

叶蕙心幼承家学，可背诵《尔雅》全册，后悟得声音训诂通假之旨，“病邢疏之简，郭注多用旧注，又不明所自出”，因此“亟欲哀古注为一书”。但她婚后忙于侍奉翁姑、操劳家事，并未完成著述。直到咸丰三年（1853），避太平军之乱于东台之三里泽，“晨夕稍暇，翻阅书籍，采择以考订者几二十年，成书三卷，条理略备，犹不自信”，当时她已六十二岁。《兰如诗钞》卷首《自述》就是经历了太平天国之乱的知识女性的黍离之悲，“衣物空所有，诗书已作尘。堂上有翁姑，温语时慰陈。里中母与弟，买舟相劝频。誓死不肯出，随城同陷沦”，十分惨痛。《拜亲墓》回顾家事，大概是我不会写诗的缘故，对于这些纯粹写实的记录尤其觉得宝贵。最有趣的还是《尔雅古注斠书成，刻将半，工人索偿，质钗二枝，诗以志感》：

刻书尤视注书难，素耐清贫砚水寒。敢羡浮名夸著述，无忘故纸阅辛酸。行间检校防鱼鲁，箧里搜罗少绮纨。质

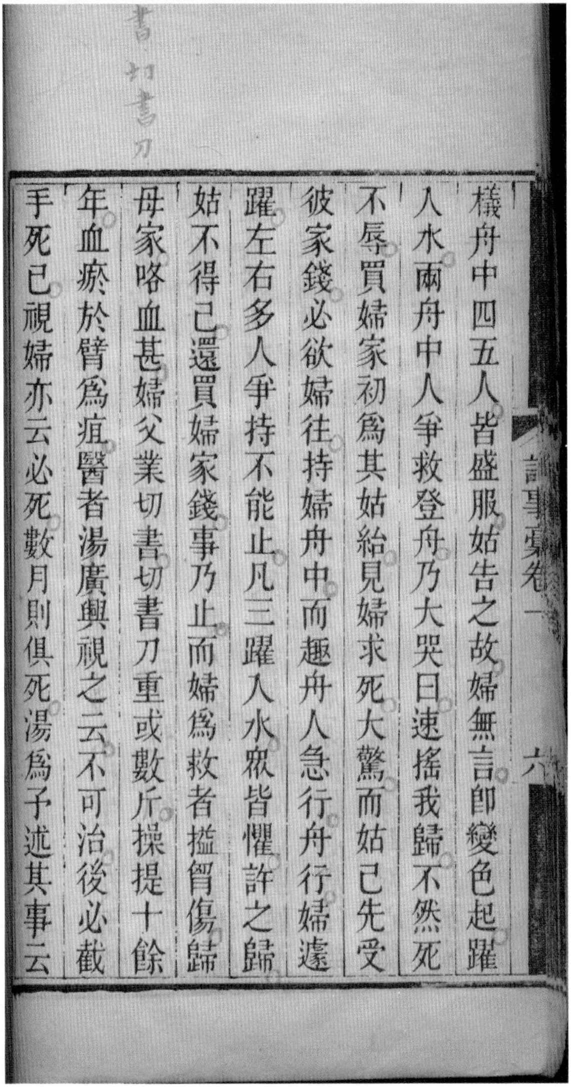

書切書刀

檥舟中四五人皆盛服姑告之故婦無言即變色起躍入水兩舟中人爭救登舟乃大哭曰速搖我歸不然死不辱買婦家初爲其姑紿見婦求死大驚而姑已先受彼家錢必欲婦往持婦舟中而趣舟人急行舟行婦遽躍左右多人爭持不能止凡三躍入水衆皆懼許之歸姑不得已還買婦家錢事乃止而婦爲救者搕胷傷歸母家咯血甚婦父業切書切書刀重或數斤操提十餘年血瘀於臂爲疽醫者湯廣輿視之云不可治後必截手死已視婦亦云必死數月則俱死湯爲予述其事云

記事稾卷一　六

《衎石斋记事稿》卷一《记汤烈妇》提到的“切书”

库暂将休笑我，未容酒债许同看。

虽说《尔雅古注斠》是李氏半亩园藏版，李祖望跋“亲属亟怂恿付梓，既刻成，爰为识其颠末”云云，看起来此书是丈夫为妻子所刻；但这首诗分明告诉我们，叶蕙心是当掉了自己的首饰支付自己著作的刊资。这倒也不奇怪，毕竟妻子为了丈夫买书而奉献首饰、嫁妆乃至一切财产的记录，是过去极常见的“佳话”。

还有一则与刻书有关的材料，是钱仪吉《衎石斋记事稿》卷一《记汤烈妇》里的故事。烈妇钱氏嫁给嘉兴北门外荷花地的汤家，生一女而寡，归母家居住。当时钱氏未满三十岁，婆婆家中贫穷，受人诱说，决意私下卖掉钱氏。知道钱氏性格刚正，恐怕不会同意。于是告诉钱氏，要带她去某个亲戚家，并事先告诉买下钱氏的人家，令他们在东门外等待。婆婆来到钱家，带钱氏乘小船。钱氏问：“是去哪个亲戚家，必须要我去吗？”婆婆说：“不是亲戚家，是我太贫穷，无法养你，所以要辛苦你到人家去做帮佣。”钱氏心里怀疑，又问是什么人家，为何这么远都不到。婆婆说，快到了。不久有其他小船靠近，船中四五人都作盛装。婆婆这才告诉钱氏真相，钱氏立刻起身投水。众人将她救上船，她大哭说：“快送我回家，否则宁死不辱。”而婆婆之前已拿了买家的钱，坚决要让钱氏嫁过去，便将钱氏拉入船中，令船夫快行船。钱氏拼命投水凡三次，众人只好许她回去，婆婆也还了事先拿的钱。钱氏投水时被众人拉扯扼胸，回家后剧烈咯血。“妇父业切书，切书刀重或数斤，操提十余年，血瘀于臂，为疽。医者汤广兴视之云，不可治，后必截手死已。视妇，亦云必死。数月则俱死。”仿佛祥林嫂的遭遇，只是钱氏在更年轻的时候就病死了。切书在当时是贫贱的职业，从业者社会身份低下，没想到会在这则惨烈的故事里见到一笔记述。地方志里记载了很多吃人的故事，而诗文集里的这类叙述更为详尽可怕。

方才希於说已收到《古本之尘》，当中有他给你的一册。书在两京之间走了个来回，又要去你那边，替我漫游了一段长路。羡慕你春日出行，如有旅中来信则更妙。

松如

癸卯仲春廿二

春分的细雨

彼岸节前后，人们多去寺院扫墓

春分游乐

嘉庐君：

羡慕你此时入浙，想必山川映带，目不暇给。我上次去浙江，是 2019 年 8 月，从上海去桐乡匆匆一转而已。这几年读钱仪吉家的资料，极想去嘉兴城内和德清黄回山仔细走走，奈何不得机会。以前博论写到庐山肺病疗养院，毕竟还是去庐山住过一晚，在满山云雾中寻觅过旧迹，心里才稍微有些底。

来信提到清明将近，这是我小时候很喜欢的节日，乘船在溶溶漾漾的春水上，看岸上满目花树，什么都觉得可爱。这里虽不过清明，但近来也是扫墓的日子。春分、秋分前后三日，共计七日，在这里叫“彼岸节”，家家祭祀先祖、清扫佛坛佛具，是日本源于净土思想的独特节日。彼岸节头一天叫“入彼岸”，最后一天叫“出彼岸”；春分和秋分叫“中日”，人们多在此日扫墓，供奉花束与红豆糯米点心。春天的通常叫牡丹饼，糯米团子外包裹细腻的豆沙；秋天的叫萩饼（お萩），团子外是粗豆沙，仿佛胡枝子的小花。柳田国男在《山村生活研究》里说："春秋彼岸的食物首以牡丹饼为第一，此外萩饼亦多。其余叫彼岸团子等等的，亦与牡丹饼无大差。"他在《岁时习俗语汇》中写过，青森八户地区，春彼岸时于家中佛像上插柳枝，叫彼岸花，也有和柏枝一起在市上卖的。秋之彼岸花为石蒜，多盛开于墓地，似未见有供奉佛前的。我最喜欢的京都岁时书《日次纪事》云，"彼岸中诸寺院有法谈，男女参诣，茶果赠答"，春秋彼岸仪式相同，想来是很热闹的节日。

我对牡丹饼的印象，最初来自小林一茶。他在俳谐俳文集《俺的春天》（1852 年）里讲过一个故事，说从前大和国立田村有个可怕的女人，虐待继子，十天都不给他吃饭，而是把一碗饭故意炫耀给他看，说"若那石头地藏吃了这饭，我也给你吃"。继子难耐饥饿，就牵着地藏石佛的袖子，苦苦恳求。神奇的是，地藏石佛竟真的张口大吃起来。继母无法，从此只好善待继子如己出。如今那地藏跟前，据说仍有四季不断的供物。一茶接下来的句子是：

牡丹饼呀，荒薮佛菩萨也有，春天的风

很容易想起他早年收入《七番日记》的另一句，"牡丹饼呀，

彼岸节前后，地藏石佛前总有供花，
最近似未见到室外有人供奉牡丹饼，或许因为新冠的缘故？

京都山中常见的小小地藏

地藏膝前也有，春天的风”（1814年）。春天的风拂过深草中的地藏石佛前，那里也有人供奉着彼岸节的牡丹饼。很喜欢牡丹饼和萩饼的名字，但也不会特地买来吃，毕竟平常吃得更多的还是洋果子。

近来东洋文库在京都文化博物馆设特别展，名为“知识大冒险”，展出东西各国种种书籍与图像资料，蔚然大观。展品中有说明东洋文化之丰富的多种文字，如《训民正音》《钦定西域同文志》《番汉合时掌中珠》《藏文大藏经》之类，这些多文化多语种的文献资料正是东洋文库藏品的特长。此地东洋史专业素有注重满文资料的传统，如此得天独厚的条件，可惜我没有好好利用。看展时不由好奇，清代汉人知识精英掌握满文的程度如何？清初翰林院新用庶吉士须选读满汉书，康熙时例，庶吉士四十五岁以下者读满文书籍。雍正以来，习清书者渐少。乾隆年间，命云贵川广庶吉士不必习清书，直隶、山东、河南、山西、陕西等省，视其人数在三四人以上派一二人；江浙等省人数在五六人以上，派二三人，率以三十岁以下充之。道光十八年（1838）后停选派读清书之例，此事吴振棫《养吉斋丛录》述之甚详。近读吴振棫《花宜馆诗钞》，见到一首学满文的诗，很有意思，不怎么见人引用，因而抄给你看，题目是《寓保安寺习国书戏呈余梧冈凤喈、程蕉云川佑、刘竹笑礼奎、程憩棠楙采、傅秋屏绳勋、靳云屏会昌诸同年》：

抛却平生读过书，舌人分课就僧庐。声谐金史元文外，客聚晨钟午磬馀。插架近知新语富，篝灯谁共夜窗虚。漫将扬马夸词赋，才似蜗髻入塾初。

这首诗自然作于吴振棫嘉庆十九年（1814）中进士、选庶吉士之后，当时他22岁，又是浙江人，符合被选去学习满文的条件。诗注信息亦多，“清语与《金史·国语解》合者十之六七，而益详备。元制蒙古字，今《稗编》载百家姓蒙古文，《石墨镌华》载元圣旨碑文”，“康熙间纂《清文鉴》，乾隆间续入新定国语五千馀句”。《养吉斋丛录》多有讨论满文的条目，记录了许多清语词汇，他学满文时很年轻，满文水平在清代汉人知识精英中想必属于佼佼者。夜已深，信暂写到此处，开学在即，心情之抗拒竟远甚做学生时。

松如

癸卯春分夜

阔别十多年的唐招提寺

师冰写韵

嘉庐君：

来信说及故乡新事，原来地铁二号线也将开通。十多年前暑假在南通上日语课，每天从北濠桥骑自行车去友谊桥附近，沿途车流繁密，我车技不好，神经总是非常紧张。至于电动车，更是从来没有敢骑过。后来虽考了汽车驾照，却一次都没敢开车上路。这些年住在北京和京都，公共交通都很发达，也没有因为不会开车而觉得特别不方便。京都对摩托车、电动车上路要求极严，更常见的是电动助力车，限速每小时24公里，时速通常为10多公里，不需要驾照，爬坡载物很方便，前后还可以各坐一个幼儿，因此街上最常见主妇使用。不知此番新政，这种电动助力车在不在禁止范围内？

之前在图书馆偶然翻到一册铃木虎雄旧藏朱印本《定庐集》，

封面墨书“大正戊午（1918）四月沈子培所赠”。《沈曾植年谱长编》1918年条下载“春，日本铃木虎雄由王国维之介访公”，最初是铃木虎雄在《追忆王君静庵》（王君静庵を追憶す）中提及此事：

> 余留学中国，大正六年末移居上海半年，此间复得屡屡与君来往。当时君告余曰正从事音韵研究。与君谈话，又知其关心史学。君于人推许甚少，居住上海的学者中，推举沈子培曾植氏，称其学识既博且高。一日，君领我拜访沈氏，临辞之际，沈氏以近作诗钞《寐叟乙卯稿》相赠。归而读之，非但文辞难解，交游诸家之称呼皆用匿名。余困甚，诉之君，君逐一耐心详注匿名之真实姓名。该册也簿余今犹藏之。（京都帝国大学文学部京都文学会编《艺文》第18年第8号，1927年8月）

这册《定庐集》正是获赠于此时。任群《钱仪吉诗文集版本考》著录条目，为上海图书馆藏本，徐乃昌旧藏。此书卷末有缪荃孙、李传元跋，述刊刻始末。李传元是沈曾植妻李逸静胞兄，父李德莪为李培厚次子，母为沈维鐈次女，沈曾植姑母，可知李、沈两家数代联姻。这两家与钱仪吉家也渊源深厚，李培厚妻钱庆韶为钱仪吉姊，长女李介祉字仪吉长子宝惠；沈维鐈长女字钱宝甫子聚彭，早卒，宝甫系仪吉族子，钱仪吉《澄观集》卷六有赠沈维鐈诗（1815）。沈曾植《定庐集序》称自以同乡钱仪吉为私淑师，“先生与先司空公为同年，又为吾妻之外曾祖。先生少子徐山、子舟两先生，皆得奉手承教，周旋累岁。凡举先生之扬历志事，与夫音容笑貌，性情嗜好，往往有小闻琐语”。司空公即沈维鐈，与钱仪吉同为嘉庆六年（1801）举人。“吾妻之外曾祖”一语有误，钱仪吉当为李逸静外祖。徐山为钱仪吉三子宝宣，同治八年（1869）与缪荃孙共事成都官书局，光绪元年（1875）被聘为成都尊经书院主讲；子舟为钱仪吉幼子彝甫，咸丰末追随宝宣入蜀。同治十一年（1872）夏，沈曾植赴成都迎娶李逸静，此时钱宝宣、彝甫皆在成都，沈曾植或在此时与二人相识。

以上人物中，我对李逸静姑母李介祉一直很感兴趣，但迄今所见只是零星资料，据说著有《诵冰室稿》，亦不见传世。介祉字纫兰、诵冰、师冰，精篆书，钱仪吉侧室姚靓称其“师冰有家学，法古见淳风。直线烟痕聚，悬针墨气融”（《庚子生春诗》），翻检各书，也未见一幅篆书作品。女性创作之艰，流传之不易，于此可见一斑。钱庆韶去世后不久，钱、李两家就定下宝惠和介祉的婚事，嘉庆二十四年（1819），宝惠自京赴昆山完娶，《定庐集》收入道光九年（1829）李介祉立秋和诗一首：

> 十年寓京国，岁月驰车尘。乡梦日以远，乡思日以新。秋风感我怀，一夕度江滨。松菊径未芜，乌鸟志莫伸。节序更寒暑，往复常相因。雁燕亦代飞，炉箑乃互陈。萧瑟乍霜夜，暄妍复花晨。敷荣会有时，终荷天地仁。早凉挹山爽，白云近可观。

道光十二年（1832）夏，京师酷暑，罢官居京的钱仪吉贫甚，无钱架凉棚，李介祉鬻字得金，召工成之，仪吉作《凉棚二十六韵示长子妇李》，“诵冰吾家妇，古篆范虫鸟。桃符累十百，斗墨恣挥扫”，“小时见涂抹，纸角蛇蚓绕。焉知成一艺，藉手悦吾老”云云，赞赏喜悦溢于纸面。是年秋，仪吉归里，后辗转广东学海堂，最后落脚河南大梁书院，宝惠一家暂留京师。

道光十五年（1835）春，李介祉结识京中名流顾太清，诗词唱和，结为至交，同游者还有许延礽、许延锦、陈素安等闺秀作家。道光十七年（1837），介祉与宝惠赴大梁，与彼处家人共居，顾太清有《金缕曲》赠别，“三载交情重，竟难留，买舟南去”，“满载异书千万卷，有师冰小印随妆笼”，“此后平安书频寄，慰我愁怀种种”，情极深挚。华庭袁镜蓉亦画墨兰折扇，题诗赠别，“十载擅书名，日下共倾倒”（《月蕖轩诗草》），是介祉书法曾经名重京华的旁证，也愈显出今日尘壤间难觅介祉墨迹的遗憾。

道光二十年（1840）春，钱仪吉用元稹韵作《生春诗》三十首，家人皆有和诗，介祉有十首，最后一首云“何处生春早，春生故塾中。梅窝千树雪，鹤涧半帆风”，说昆山故园的梅花又到了盛开之时。

这一年，困于场屋的宝惠终于举顺天乡试，顾太清有诗《庚子乡试，子万举孝廉，寄贺纫兰，兼以〈经纶图〉赠之》三首，第二首“篆法冰斯到处闻，彩鸾应许是前身。明年翰苑颁云诰，不愧糟糠写韵人”，下注“纫兰曾售篆字以助子万读书”。在女性无法参加科举的年代，女性婚后的身份地位取决于丈夫或儿子能否取得功名。这几句道尽李介祉的艰辛与不得志，也满含太清深切且务实的祝福，希望介祉的丈夫能在次年春闱中式，补偿介祉的多年辛苦。第三首“与君相别三年矣，汴水燕山事不齐。最喜重逢知有日，题诗先贺孝廉妻”，若宝惠次年中式，介祉才有机会随之赴京，与顾太清等诗友重逢。

但介祉并没有这样的幸运，宝惠次年会试落第，随后馆于河北。道光二十六年（1846），宝惠病卒故里，有子二。长子钱枱，道光二十四年（1844）举顺天乡试，三十年（1850）中式会试第一百八十二名，因揭晓前遭祖父钱仪吉丧，是科未与殿试。咸丰六年（1856）始与殿试，为二甲第七十四名，以知县签分山西候补，咸丰八年充山西乡试同考官。次子钱瑭，咸丰十年（1860）奉母至山西，依长兄居于夏县官舍。不久钱枱病卒，钱瑭佣书山西，母亲去世后南归，馆于润州道署。李介祉生年应与宝惠相仿，在嘉庆八年（1803）左右；卒年不详，只知在咸丰十年后。她的丈夫与儿子或早世，或郁郁不得志，因此没有人为她撰写行状、费心保存乃至刊刻诗文稿。自道光十七年离开北京，她事实上远离了以顾太清为中心的诗友圈，再也没有机会重温闺友结社赋诗的风雅，比她年长且更长寿的顾太清（1799—1877）诗文集中渐渐地也不再有她的音信。最后一次提到她，大约是道光二十三年（1843），她给顾太清寄去画像《兰风展卷小照》，太清有一阕深情的《桃源忆故人》：

> 故人寄到兰风卷，快睹画中人面。七载丰姿微变，不似当初见。
>
> 从新拭目从新看，转觉愁添恨满。数字真情写遍，托付南归雁。

七年的大梁生活已使介祉有“微变”，到后来奔走南北、劳碌尘寰，又会给她带来怎样的变化？太清说的愁与恨究竟是什么，仅仅是挚友不得相见的遗憾？介祉寄去画卷时，想必同封的还有书信，画上或许也有题识，那里写着愁与恨吗？咸丰十年，太平军占领苏州，介祉故园的千树梅花是否幸免于兵燹？她殁于远离家山之地，灵柩是否回到钱宝惠所葬的洙泾故茔？

像李介祉这样的知识女性，出身诗礼之家，富才华，广交游，以当时平均年龄而言不算短寿，却也没有留下什么完整的资料，实在可惜。此前翻检《清代闺秀集丛刊》，想着会不会遇到与介祉有关的内容，或者她题写的书名，但也落空。清代还有一位闺秀李纫兰，长洲人，名佩金，一字辰兰，著有《生香馆诗词集》，偶尔有人将佩金之名系于介祉之下。前几年国图又出了《清代闺秀集丛刊续编》，此地图书馆没有收藏，加上这几年未能回去，至今不得一见。

这两日樱花已全开，却下了几场大雨，看花人的游兴没有被冲淡，到处都是热闹的人群。我也和从周去了一趟奈良樱井的长谷寺，一路远山蒙蒙，从树蔼蔼，饱看了玉兰和春樱。归途经停唐招提寺，从周是第一次来，我是暌违十余年的重游。附近药师寺新修过，门票涨了许多，不是记忆中的朴素模样。唐招提寺内新辟草药园，栽培尚未完成，想起博物苑的药圃，此刻应已满目葱茏。戒坛旁的浅池内菖蒲青青如剑，斑驳墙垣下一树山杜鹃鲜明照眼。鉴真和尚墓所松柏荫蔽，青苔上落满柏子与山茶。墓前一株来自扬州的琼花，定植已三十余年。在那里遇到两位老人，说着圆润爽利的京腔，我以为从北京来，攀谈之下才知道他们是高中同学，故乡在天津，多年前分赴东西，现居异国。如今大疫平息，想到宁乐之都正是花季，便相约在此访古看花。众人绕鉴真墓一周，辨读碑上诗句，直至黄昏寺院落锁才散去。下次你们来此旅行，一定要在奈良多待几天。

松如

癸卯闰二月初六

唐招提寺内满地落下的山茶

桐华写经

嘉庐君：

你最喜爱的木香花已到处盛开，晴天好看，雨天也可爱。我种的那盆今年着花不多，可能是因为去年花后修剪不当。计划把藤蔓牵引到阳台廊柱上，但愿能攀到雨棚顶上去。去年刚搬来时荒芜的小天井，此刻满目葱茏，虽说光照条件不佳，但像贝母、溲疏、竹子、山绣球、草珊瑚之类都长得很好，蕨类更是茂密得像小树林。门前的隙地照得到太阳，植物状态更好些，芍药也结了花苞。因为有从周帮忙，碗莲翻盆很顺利，有一大缸去年没开花，也是因为光照不够，今年搬到了大门口，不知夏天花况如何。都说跟京都人相处许多规矩，在门口养水生植物要留神邻居抱怨蚊子多，我捞了几尾青鳉在大缸里，但愿能稍稍控制孑孓。看小鱼游来游去，就像看天上的鸟群来来回回一样，很容易着迷。这些小鱼也是去年搬家后问省吾要的，最初大概是五六条，现在有二十多条。附近药局隔壁有一家观赏鱼店，回头应该再添几条。

上周神保町的东京古树会馆举办了书市“东西吉祥会”，虽没空去，好在事先收到了书目。琳琅阁家有不少汉籍，清后期至民初的刻本印本居多，有一种幕末明治初的写本《长崎渡来书籍元帐》，记载天保十二年（1841）至安政二年（1855）传入长崎的书目，共十三册。资料本身很有意思，不过并非新发现的孤本，加上定价高昂，估计不容易卖出。这些年汉籍价格一路高腾，通常直接进入拍卖会，普通市场越发不易见到。像样的刻本不易得，最近老友百濑周平的搜罗兴趣亦由刻本转向写本，特别是朝鲜史领域的资料，也是独辟蹊径。有几种朝鲜半岛传来的佛经写卷，都用朝鲜纸张，笔迹亦似出自朝鲜人之手。想来自大疫以来就没有拜访过百濑，便联系他，说想买其中一册。百濑很快回信，约了当天下午见面。

我到他家已是傍晚，当时樱花还没有全谢，深春晚照将树丛和街区染成美丽的金粉色。凉风扑扑拂动百叶窗，书室一切如旧。之前在店里修业的青年已经离开，现在是百濑的弟弟帮忙打下手。我坐定后忽而想起，之前那温柔的有黄豆般眉毛的黑柴怎么不来？它叫纪代，每次我来都要过来舔舔我的手，我也抚过它的脑袋。百濑说今年年初，纪代已因老病而离开了。他将我约的两册佛经抄本给我看，一册是《大方广佛华严经礼忏》，封面墨书“石井教道藏”，内页墨书“伽倻学人呈于 / 石井教道先生”，卷末墨书“此本者，依于桐华寺留学 / 中之海印寺东宪君 / 而为被赠物也。/ 昭和四年十二月三日志 / 于东鸭 / 石井教道”。又有一行淡蓝黑钢笔墨迹写就的日文，译过来是“予往海印寺时，给我种种照顾，归途曾求海印寺杂板，遂送来这一册”。

石井教道（1886—1962）是近代日本的佛教研究者，爱知县叶栗郡人，世代信仰佛教，叔叔是僧人，长兄和一个弟弟都出了家，姐姐嫁给京都招善寺的住持。他年轻时跟随叔叔到京都，一起住在永养寺，后来在净土宗称名寺剃度出家，在净土宗学第五教校念书（即如今南禅寺附近的东山高中），考入宗教大学，专攻华严学，成绩优异，毕业后参与《佛教大辞典》《佛教全书》等编纂工作。1916年担任叡山大学讲授，1923年转任大正大学，著有《华严教学成立史》《净土教义及其教团》等作品。他同时还历任京都念佛寺、伏见松林院等寺院住持。

桐华寺在大邱北部的八公山，创始于新罗时代，如今是曹溪宗寺院。跋文中的“东宪”应是海印寺的韩国僧人，当时在桐华寺修行。当时日本人很容易去韩国旅行，学界考察更是常见，石井教道去海印寺是为调查华严宗相关资料，他对新罗华严宗大家元晓的和诤理论很关注。《华严教学成立史》里有一条注释，说此前见过海印寺杂板印刷品一页，讨论的是空有之义，虽然光凭一页内容无法下定论，但推测应该是关于元晓和诤论的文献云云。

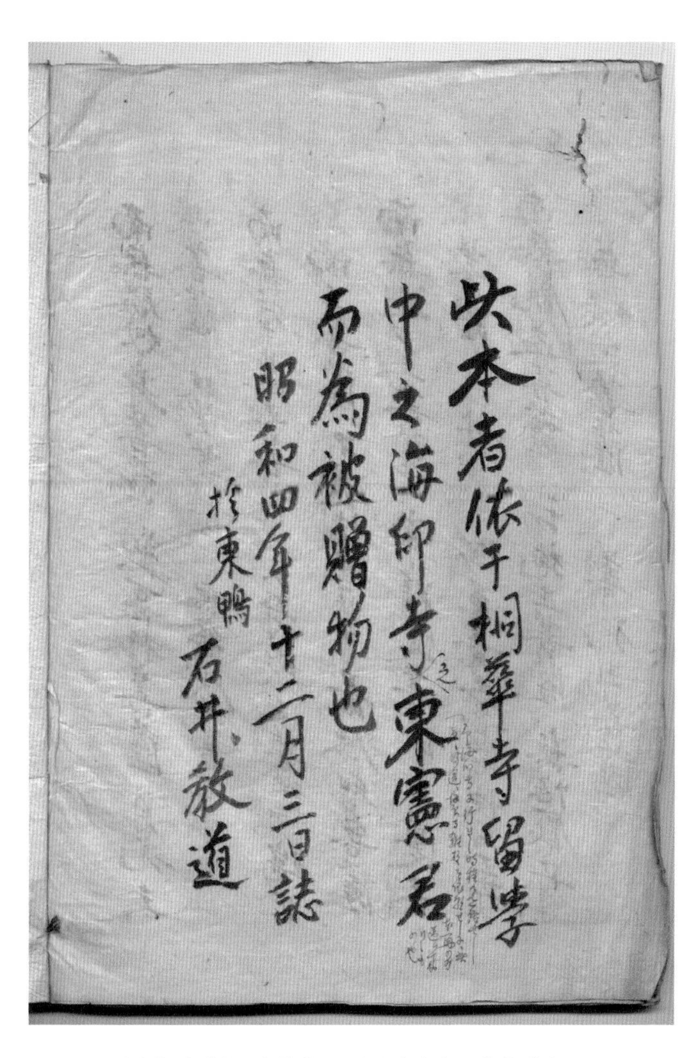

此本者依于桐華寺留學中之海印寺東憲君而為被贈物也

昭和四年十二月三日誌

於東鴨 石井敎道

朝鲜抄本《大方广佛华严经礼忏》卷末石井教道跋语

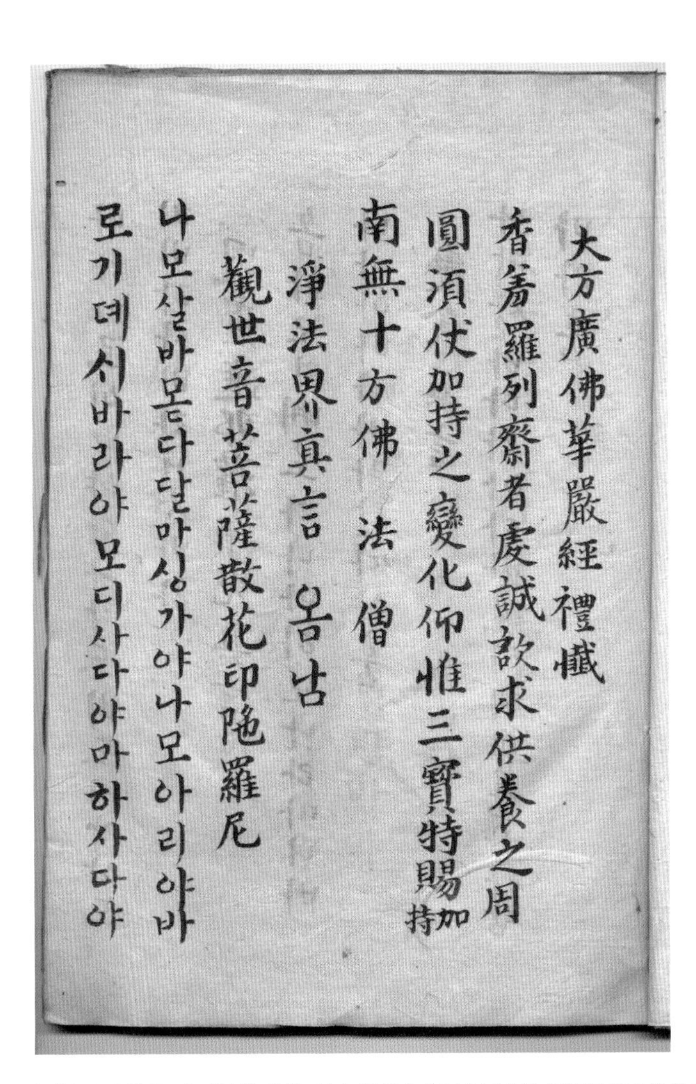
大方廣佛華嚴經禮懺
香饍羅列齋者虔誠欲求供養之周
圓須仗加持之變化仰惟三寶特賜加持
南無十方佛 法 僧
淨法界真言 옴 남
觀世音菩薩散花印陁羅尼
나모살바몯다달마싱가야나모아리야바
로기뎨시바라야모디사다야마하사다야

朝鲜钞本《大方广佛华严经礼忏》卷首，谚文段落在今日韩国寺院仍被运用于佛教典礼

这册抄本共20纸，记载了朝鲜华严宗的礼忏仪轨。金文京老师曾提过1978年去海印寺看到两个僧人用训读法读汉文佛经的一幕，直接激发了他研究汉文训读的兴趣。此册开篇也有两页谚文，不过并非训读，而是用谚文标记“净法界真言”“观世音菩萨散花印陀罗尼”“甘露水真言”“乳海真言”等咒文的梵音，是方便朝鲜僧人诵读的本土读本，现在韩国寺院也有这种形式的谚文佛经。想起韩国作家韩江早期的小说《红花丛中》，有深厚的佛教背景，主人公很年轻时就削发为尼，“晚上的自由时间就在行者室翻着《玉篇》学习汉字”，真是古风犹存。我很喜欢的电影《兹山鱼谱》里头的青年渔民自学儒学经典，就一手执《大学》，一手执《玉篇》。

百濑收得的另一册是《华严礼文》，共12纸，全用汉文写成，卷末墨书“昭和三年八月十二日 / 朝鲜国庆尚北道远城郡公山面八公山桐华寺 / 浮屠精舍佛教专门讲院 / 海印释子茂根焚香谨书”，也是在桐华寺修行的海印寺僧人所抄，日本年号则是殖民时代的醒目烙印。这册很可能也是石井教道旧藏。虽说都是我用不上的资料，却因为曾经去过海印寺而买下了那册《华严经礼忏》。桐华寺的名字很美，有机会真想去看看。

书市目录里还有众星堂出品的两种石井教道旧藏，万历三十二年（1604）春智异山能仁庵开刊、移镇于双磎寺的《法集别行录节要并入私记》，与崇祯八年（1635）全罗道顺天松广寺刊刻的《大方广佛华严经疏》。看来是最近石井旧藏散入拍卖市场，诸家书肆竞买，如今又进入新的书市。

昨天下课回来，一路见到无尽柔绿的山原与浅银灰的流水，心里喜欢极了。到出町柳，天上已积了厚厚的乌云，看样子要下雨。夜里果然电闪雷鸣，担心碗莲缸的小鱼被冲走，今早起来看，水缸没有积满，小鱼正快活地啄水草。上课途中路过鸭川，北面群山笼着薄烟，青绿浓淡不一，是我永看不厌的颜色。

松如

癸卯谷雨前日

鸭川边的鸟与人

春之书市

嘉庐君：

下了整天的雨，假期也要结束了。看你们发来的欢游照片，真是羡慕。这里阳历五月五日也挂艾草、洗菖蒲汤，还吃一种形状细长、用箬叶（日本叫作笹）包成的粽子，馅儿是糯米粉与葛粉（或上新粉）做成，晶莹甘甜，形似果冻。前些天去出町柳买蔬菜苗，特去有名的点心店双叶排长队买了这种粽子，还有柏饼（即槲叶饼）与艾饼。这里的艾饼只有红豆馅的，往年但凡有空，自己总要做点香菇豌豆肉馅的青团。艾草从吉田山中采得，鸭川边也有，今年干脆种了一盆，长得却比野外的慢很多，到现在也不够做来吃。

这个黄金周我们仍是没去什么地方，在家收获了盆栽的豌豆和蚕豆，翻晒盆土，种下苦瓜与葫芦苗。五月二号是立春后第八十八天，这里叫“八十八夜”，自兹而始，再无霜冻，宜采茶育秧，本地老人认为此日最适合种牵牛，我也照办，种下了去年收的大花牵牛和茑萝种子。比起硕大的园艺品种，更喜欢野地里自生的水蓝色小朵裂叶牵牛，洁白的一小段花筒，蘸晨露而开，可惜没收到种子，店里也不卖。

平安神宫的劝业馆照例有春季书市，赶在倒数第二天去了一趟。连日晴天，神宫道一带人山人海，到处是鲤鱼旗，大排档棚顶上写着古意盎然的“缘日”，临时搭建的高台上有年轻歌手载歌载舞。书市在劝业馆一楼，人也不少，风景如旧。没看到中井书房的主人，听萩书房主人说中井家的店铺也要关门了，赶紧追问什么情况，原来只是年纪大了，开书店太耗体力，并无其他问题，顿时松了口气。这是从周第一次逛春季书市，他总算看全了京都古书界的三大祭。身上没带多少现金，只在紫阳书院随便挑了几本欧洲中世纪历史普及读物，就转去百濑周平的摊铺。

百濑出品的书籍规格可上拍卖会，玻璃橱柜里陈列着各种抄本，还有晚近的朝鲜铜活字与整张和刻本雕版，有不少在此前的图录上看过。百濑笑说就自己的摊儿最冷清，就算有人来也只是看看而不买。他给我讲解自己得意的几种收藏，比如宗渊上人的一系列抄本。宗渊（1786—1859）是京都人，北野天满宫下属寺院光乘坊社僧能桂之子，文化七年（1810）出家，九年（1812）任大原普贤院住持，文政元年（1818）来到比叡山麓的天台宗求

沉迷搜书的人们

宗渊刊本卷末所镌“北野宫寺学堂藏版”

法寺大师堂，栖隐修行凡十年。文政十年（1827）任伊势国津西来寺住持，嘉永二年（1849）退隐，专心学术。宗渊精力过人，致力搜藏典籍，兼通内外，精于校勘，编纂《北野文丛》百册，佛经之外，还刊刻木活字本《周易》《尚书》《毛诗》《论语》《蒙求》等儒家典籍，卷末均镌“北野宫寺学堂藏版”，即所谓“北野宫寺本”。百濑所得抄本凡十页，外题“杂抄”，内有《长谷寺缘起文》《北野缘起》等寺社史料，卷末题“右一帖以邑井敬义本写于杏花园，逐一校毕 / 群书类从第十九卷也 宗渊写之”，钤“竹园 / 房印”（朱）。竹园房为宗渊求法寺时期所用之号，杏花园不知在何处。邑井敬义即村井古岩（1741—1786），通称菱屋新兵卫，名敬义，古岩其名，号勤思堂，京都人，原为吴服商，笃好古籍，后为书籍商，藏书极多。

又如陆奥国亘理郡的《切支丹类族帐》，即江户时期地方政府监视基督徒后人的秘密记录。提到日本近世的基督徒，一如远藤周作《沉默》所写，往往以九州地区的印象最为深刻，其实当初也有不少基督徒逃亡至东北地区。这份资料上记载了基督徒几代后的子孙的户口、迁居和死亡信息，内容详尽，足见江户幕府对基督教忌惮之深，子孙代代都不放过。

听百濑娓娓道来，不觉着迷，请他务必写成文章，他却谦虚说都是自己的直觉感受，并非学术考证。然而旧书店主人有机会反复抚摩这些史料，倾注了爱意与深情，五感所得的体会与领悟绝对不容忽视。我怂恿他也写《纸鱼昔语》或《贩书偶记》，若写出来，一定翻译。

离开前，忽而被本地电视台捉住采访。“你们为什么来逛书市，黄金周没去外地玩吗？”记者问。“没去哪儿玩，每年都得空出时间来这儿看看，这是重要的节日。”记者似乎对我的回答很惊异，又问了几个四平八稳的问题。我也极力控制过度的热情，尽量表现出读者友好得体的一面。

这么多年过去，依然忍不住要跟你说书市的种种，这是我记录时间的刻度，置身书山书海的欣悦虽一如初见，见证人事代谢的惆怅也与日俱增。此刻雨仍没有停，夜静极了，猫在响亮地吃夜宵，我们都预备睡了。

松如

癸卯立夏后一日

晴天下的鲤鱼旗

嘉庐君：

此刻窗外正下着大雨，远山蒙蒙，仿佛梅雨天。家中山绣球已盛开，碗莲也萌出许多花苞。都说今年春天太热，什么花都开得早，青鳉也早早产卵孵化，多出近百条小鱼。在阳台种了牵牛、葫芦、苦瓜、南瓜、黄瓜，希望它们爬满藤，覆住小窗和外墙，盛夏楼上实在太热，但愿绿藤能遮点阴。

近来日本国立国会图书馆新公开了许多电子资料，常常乐而忘返。偶见 20 世纪 60 年代东京书籍文物流通会办的杂志《中国菜》，从 1960 年到 1967 年，共出了七期。主创者原三七 1904 年生人，1931 年毕业于东京帝国大学文学部中国文学科硕士专业，师从盐谷温，后为东方文化学院东京研究所研究员，1940 年后担任伪北大讲师，讲授元曲，也开过一门叫“日人之汉学研究的成绩”

的课程。与田中庆太郎、长泽规矩也、桥川时雄、今西春秋、郑振铎、孙楷第、傅惜华、傅芸子等人皆有交游。日本战败后，原三七暂留北平，担任世界科学社研究员。他对旧书生意很感兴趣，曾借东城椿树胡同二号的旧满铁北京公所事务所场地，开办书籍书画古董展销会，成立书籍文物流通会，处理了不少当时归国日侨无法带回的文物。

1948 年，原三七回到东京，自家房屋早在战争中化为焦土，就住在当时斯文会管理的汤岛圣堂内，并在圣堂重开书籍文物流通会，经营书籍古董生意，出版中国学相关的书籍与中文教材，据说受到田中庆太郎和琳琅阁主人的很多帮助。担任秘书的是他伪北大时代的学生中山时子，比他早两年从北京回来，入学东大文学部中国文学科，后任教于御茶水女子大学，翻译过《随园食单》《中国名菜谱》和老舍的小说。

流通会为战后日本困于生计的中国学研究者们提供了贩卖收藏品的渠道，当时美国驻军对这些东方物品很感兴趣。不少研究者没有居所，都借住在圣堂空屋。黄昏时分，饥肠辘辘的研究者就问有没有什么吃的。原三七让中山为大家做些家常菜，中山遂在中庭烧柴做饭。她从小在北京生活，做的自然是中国菜。很快，圣堂的中国菜出了名，很多人都慕名过来吃。原三七和中山认为，要了解中国文化，就得了解中国饮食，因此书籍文物流通会也开始主办中国料理讲习会和试吃会，教授菜谱的同时也讲解中国菜

汤岛圣堂内的中国料理讲习会

日本国立国会图书馆藏《中国菜》创刊号封面

的历史文化。后来业务范围扩大，从宴会料理到上门做菜，应有尽有，还有很多青年专门来学中华料理。

1960 年，流通会成立了料理讲习集会，聘请了专业厨师来教做菜，会员最多时超过一百人。有会员说：“每到讲习会的日子，趁着没忘记做法，回家路上都会买食材，家人非常期待我新学的菜。讲师们优美的中文发音令我陶醉，还常讲些中国文学的知识，时间总是过得很愉快。”流通会同时出版杂志《中国菜》，原三七在创刊词中说：“若打着我专业‘中国文学’的旗号，担心没法儿做久，所以想要做一本中国菜专门杂志，当然也会稍稍越过‘中国料理’的范围，发表一点关于中国学术文艺风俗习惯的学问随笔。”杂志做得很漂亮，请到了石田干之助、铃木虎雄、长泽规矩也、竹内好、盐谷温、桥川时雄、筱田统、奥野信太郎等学者作家撰稿。每期还会请中国厨师介绍一些正宗中国菜谱，比如炝腰花、东坡肉、锅贴明虾、香酥鸭之类。

专业厨师之外，讲习会也会请在日华人担任讲师，比如张禄泽（1920—1996）。她生于北京，本籍安徽寿县，出生不久后母亲去世。曾就读香山的笃志学校，是比叶嘉莹高三届的学姐。1936 年考入东吴大学中国语言文学系，受洗成为基督徒，教名 Barbara，一生信仰虔诚。1939 年回到北平，1942 年大学毕业，离平赴沪，在上海工部局女子中学担任国文教员，1945 年在国风社短暂担任文学副刊编辑，同年 12 月赴台教中文，任教于台北成功中学。1955 年来到日本，至爱知大学任中文讲师，兼华日辞典编纂员，深受学生爱戴。1968 年 5 月的东方学会上，德国汉学家霍福民（Alfred Hoffmann）偶然听到张禄泽优美典雅的汉语，当场问她能不能请她去德国教书，张禄泽同意了此事，1969 年赴德国波鸿，受聘为鲁尔大学中国语言文学专业的讲师，直到 1985 年退休。1992 年去图宾根，与女儿效台一家生活。德国汉学家顾彬（Wolfgang Kubin）是她的学生，他们曾合编《汉德歇后语词典》（*Wörterbuch der chinesischen Sagwörter*）。

张禄泽丈夫是学者、教育家欧阳可亮（1918—1992），外交家欧阳庚次子，1936 年考入东吴大学法学部，1939 年转入辅仁大学历史学部，同年与张禄泽成婚，介绍人是艾青。1941 年应聘成为上海东亚同文书院《华日词典》的编纂员，兼任中文讲师。1945 年与妻子一起赴台教书，却被蒋政府误当作间谍，险遭处决。1954 年通过日中友好协会来到日本，参与战后一度中断的中日词典编纂项目，次年妻儿也来到日本。他先后在国际基督教大学、一桥大学、拓殖大学担任非常勤讲师。二人育有一子三女，长女早逝，长子效光，次女效平，三女效台。1967 年，二人离婚。后来，长子回中国生活，次女留在日本，三女定居德国。

《中国菜》有张禄泽一篇《北中国冬天的美味》，细细讲述如何用日本现有的材料做一顿北京的涮肉吃。另有欧阳可亮一篇《泡菜》，教大家做泡菜，流通会同时也打出了泡菜坛子的广告。

张禄泽

1995年 5月，张禄泽（右）与霍福民（中）在德国图宾根，
转引自霍福民《纪念张禄泽女士》

参与编纂中日大辞典的张禄泽（左）

1971年，游历欧洲的叶嘉莹途经波鸿，借寓张禄泽处，“张女士善烹调，两日来得饱尝故都口味。其女于去岁结婚，不日将有弄孙之喜矣”，有诗记其事云：

> 稚梦难寻四十年，相逢海外亦奇缘。因聆旧话思童侣，更味乡厨忆古燕。往事真如春水逝，客身同是异邦悬。沧桑多少言难尽，会见孙儿到膝前。

叶嘉莹见到的正是张禄泽三女效台。回看张禄泽20世纪60年代初写下的那篇涮肉指南，“说到中国北方严寒凛冽的冬天，正是涮肉的季节。那独特的美味深受人们喜爱，只要尝过一次，恐怕就无法忘却吧。围着涮肉锅一家团圞，或在夜晚与亲密的友人把盏言欢，真是无比怀念的记忆”，说的是故乡饮食之美味，藏在里面的则是“长安遥在日光边”的无尽想念。

张禄泽还擅长裁剪缝纫，曾被流通会请去做旗袍裁剪的讲座，中山时子回忆说，那讲座有许多日本女性参加，大家穿着自己做的旗袍，盛况空前。1964年，张禄泽出版《中国服装裁剪法》（中国服装の作り方，如梭社），教人做各种类型的旗袍，并附裁剪板型图，是当时日本图书市场独一无二的作品。前言说：

> 《圣经·创世纪》讲，神为人做了衣服穿，守护人的美。服装的意义正在于此。身处现代物质文明的社会，人

们更强烈地追求服装之美。妇女们拥有更高贵的仪容，我想用善美的心更多地衬出这仪容。“人靠衣装”这句俗语，如今人们已忘了其中关乎心灵的一面。我想，无论什么都不能忘记，装束依凭的总是心灵之美。

《寻找》第二辑收入霍福民一篇《纪念张禄泽女士》，记录了不少她重要的生平信息，借此可知道她在德国教学生活的许多细节。2005 年，次女欧阳效平出版了父母的追悼文集《日中同文的桥梁》，当中也收入此文。在人们的回忆中，关于张禄泽的记述都很美好，想必是她人格魅力的真实体现。她优美纯正的语音，朴素得体的旗袍，手植的各种花草，亲手给友朋、学生做的美味的饺子和春饼，还有她一生奉行的基督精神，“施比受更为有福”。

《中国菜》第二期封面用了胡适的题词，引用《中庸》孔子所云“人莫不饮食也，鲜能知味也”。1960 年 10 月 18 日，胡适从美国回台，19 日途经东京，暂作休整，访问汤岛圣堂，与斯文会诸学者交流，22 日下午抵台，题词所署日期为 10 月 20 日。他通过交流会购买了四包书籍，多为中国典籍，还有福井康顺的《东洋思想史研究》《道教的基础性研究》，中山时子与水世嫦编著的《生活与会话：趣味与生活的中国语会话学习书》等，均由流通会出版。

水世嫦是外交官水钧韶之女，高罗佩夫人水世芳是她的异母姊姊，据说她喊“八姊”，1920 年生，贝满女中出身，1941 年

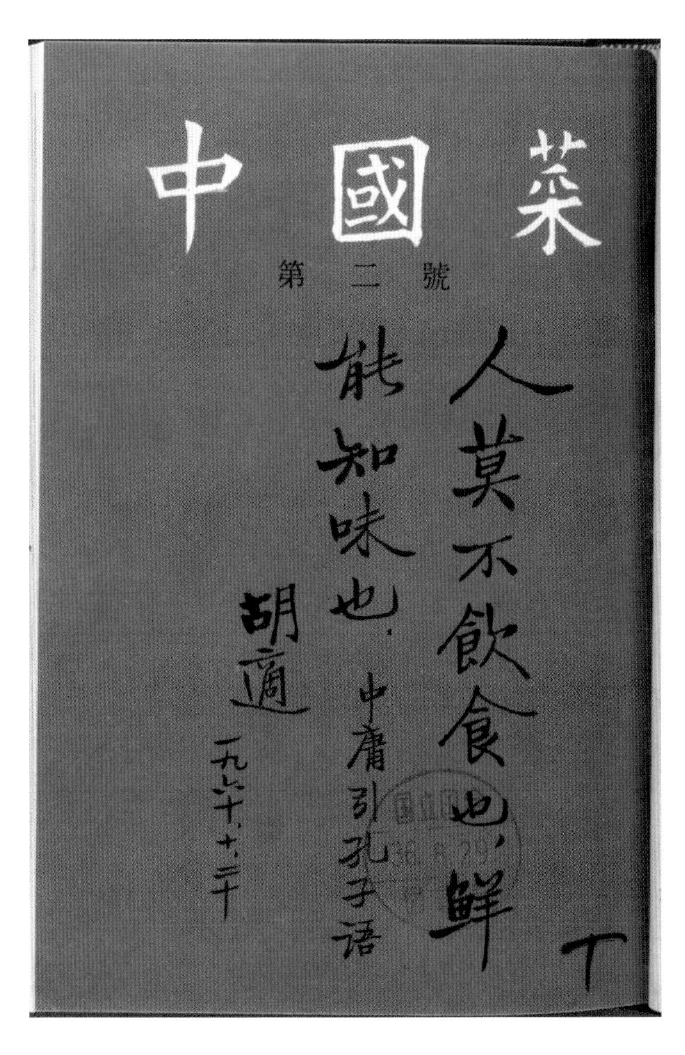

日本国立国会图书馆藏《中国菜》第二期封面，胡适题词

书籍文物流通会旗袍广告

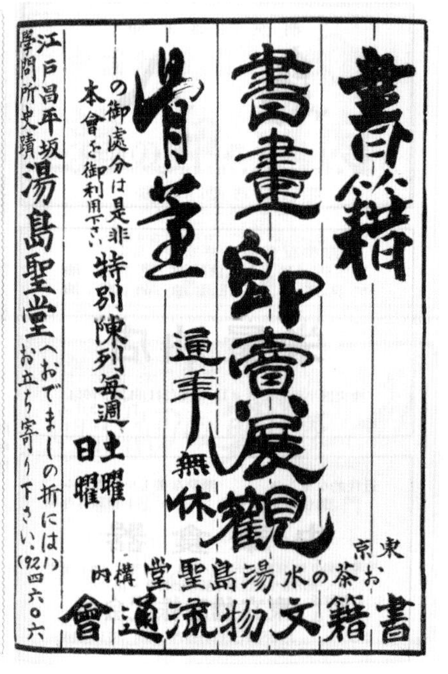

书籍文物流通会广告

与高彭年结婚，1944年毕业于燕京大学文学院教育系，1952年受聘为汤岛圣堂斯文会中文讲师，先后任教于东京都立大学、中央大学、庆应义塾大学，1964年至1970年担任NHK的中文入门讲师，1969年任教于樱美林大学文学部中国语中国文学科，1986年病逝，弟子门生众多。

50年代初，斯文会组织中文讲习会，想请一位中国老师。当时高罗佩夫妇恰在日本，有人建议去请水世芳。据当时已在东京女子高等师范学校教书的中山时子说，她确实去拜访了水世芳，世芳没去教几次，就说教室环境太差，有蚊子咬脚，不愿再去了。那时水世芳是外交官夫人，想必待遇优渥，不知你对那段时期她的生活是否熟悉？蚊子咬脚这句话太生动，难怪中山时子记了几十年。世芳告诉时子自己还有个妹妹，恰好也在东京，建议去请她。从此水世嫦开启了在日本中文领域的教学生涯。她没有嫌弃蚊子咬，一直勤恳教书，或许也因为境遇不如八姊。

据水世嫦友人和学生回忆，都说她母亲是张之洞的女儿。她晚年给学生信中也说，“至于我的身世，出身在阔的家庭里，又有父母、外祖母的溺爱，所以没受过苦”。看样子这外祖母，应该就是张之洞的某位夫人。中国古代文学研究者石川忠久写给她的挽诗云，“南皮遗裔世家流，芳气多年熏染优。双鸟望林终不还，飞魂今返北京秋”。不过水世芳的资料里也都说世芳是张之洞的外孙女，倘若世芳生母并非张之洞之女，又或者情况反过来，那么也不难理解为何在世嫦有限的存世文章里，从未见她提过一句八姊。这时就越发觉得杨苡老先生回忆录的可贵，清晰鲜明的记忆与长寿都是天赋。

水世嫦似乎不太会说日语，据说晚年郁郁寡欢，1982 年丈夫去世后更是精神不振。日本这类回忆录仿佛不讲究为尊者讳（又或者那时教中文的女教授不算“尊者”），直白地说她“好面子”的性格与不甚平安的晚境。我更感兴趣的，还是她优雅动听的北京话，喜欢批评别的中国老师有东北口音或者有南方口音，不大欣赏南方人鲁迅，最推崇的是《红楼梦》，上课总穿旗袍，诸如此类，为我提供了还原她语笑性情的重要信息。她给《中国菜》写过一篇短文《酸梅汤》，怀念信远斋的酸梅汤，说如果日本发明的饮料是可尔必思，美国的是可口可乐，那纯粹由咱们发明、用的也是咱们原料的就得数酸梅汤。煮时要加桂花，幽远甘香的桂花。夏天，北海公园、东安市场、街头十字路口，几乎五步一楼十步一阁，都挂着“熟水冰镇酸梅汤”的布帘，在风中展开。随处可见的卖酸梅汤的商贩，敲着白铜盏，叮，叮，叮。“那后来离开了故乡，辗转各地，再没有机会喝过酸梅汤”，“当年一起喝酸梅汤的伙伴，如今也都绿叶成阴子满枝了罢”。她与丈夫到日本后，再也没有回过北京。说起来，水世嫦和张禄泽年龄相同，都是基督徒，同一年结婚，都在日本教书多年，却似乎没有太多交集。这也不奇怪，不知怎么倒想起张爱玲的《同学少年都不贱》。

中国宮廷の伝統ある美容保健飲料
バイコーラ
酸梅湯は美容と健康、不老長寿の天然果汁として北京宮廷時代より中国の美容保健飲料として伝えられて来ました。味、色、香、そして栄養もそのまゝに、近代的な衛生設備から「バイコーラ」の愛称で皆様に御愛飲頂けるようになりました。
バイ コーラ
Bai Cola
中国飲料株式会社
(402) 0535～6

酸梅汤广告

《中国菜》所收学者随笔都很好看，比如竹内好的《生活与文学》说，“不知民众生活，则无法进行文学研究。无论遇到怎样的困难，都必须用一切手段，努力了解生活。又或者说，这才是文学研究最大的目的之所在”，“不懂生活，也不会懂文学；同时，若加深文学的理解，反过来也会加深对生活的理解”。又如长泽规矩也《三十年前的回忆》说，“战后东京有很多漂亮的中国菜馆，但那些都是日本化或美国化了的菜馆，并非我喜爱的中国餐馆”，“流通会的中国菜，也年年趋于洋化。说起来三十年前，上海就已经很西化，如今的共和国，也难求三十年前的滋味了吧。但若专门跟流通会提要求，也能做出不那么西化的中国菜，还有家常菜。价格也便宜，虽不是正式的餐馆，却比其他餐馆更有味道，真是很喜欢”。

杂志所附的广告也有意思，酸梅汤的广告词是“中国宫廷传统美容保健饮料”。还有流通会服饰研究部的广告，画一旗袍美人，“穿中国服装，飒爽今夏”——做旗袍也是流通会的业务，据说深得日本女性欢迎。

原三七去世后，流通会失去核心人物，《中国菜》宣告停刊，汤岛圣堂美味的中国菜也成为传说。流通会培养出来的厨师多活跃于关东地区，比如“知味 竹炉山房”主人山本丰就是东京中华料理界的知名人士。中日建交后，一代代新移民不断刷新中华料理的概念，而青椒肉丝、麻婆豆腐、回锅肉等家常菜则早已沉淀为日本无人不知的大众料理。谁能想到，供奉孔孟诸圣的儒学殿堂，也曾浸润柴烟油气，为中国家常菜在日本的普及起到重要作用。日本饮食可分为三大类，和食、洋食、中华料理，中国菜的地位可见一斑，尽管有不少属于日本的创造。我家附近有一间叫盛华亭的“北京料理”，在京都很有名气，厨师是日本人，正是日本本土的中华料理风格。店铺从前开在祇园，饺子、烧卖都很小巧，可以一口吞下，深得艺伎舞伎喜爱，现在店里还悬着许多祇园佳人赠送的团扇。我和从周去吃过几次，都很喜欢。信写到这里，居然觉得很饿，已经太晚，赶紧搁笔睡下为妙。

松如

清和月十一

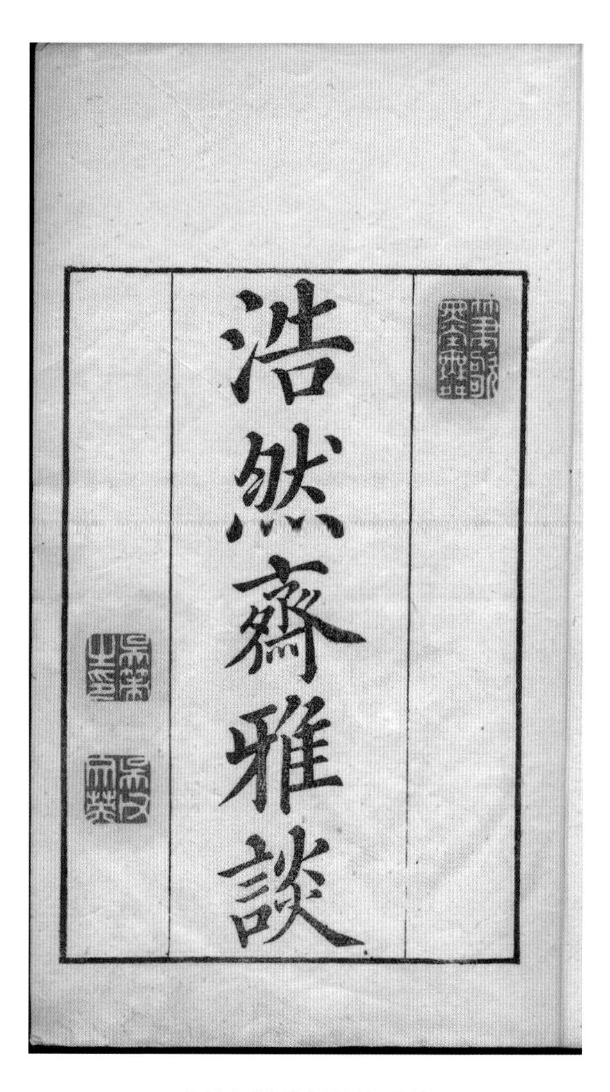

和刻本《浩然斋诗话》卷首

翻刻聚珍

嘉庐君：

前日看你提及报社附近的莲塘，便想着或许是你要辞别南通的时候了。昨日接信，得闻佳讯，欢喜之至。而也想不到，报社大楼竟已拆去。清楚记得从前去过的每一次，那片莲池我也十分喜爱，路边还有人摆摊卖莲蓬和锦荔枝吗?

不久前在二条的众星堂买了一小册和刻本，文化十年（1813）序刊本《浩然斋诗话》，翻刻自武英殿聚珍版。和刻本翻刻汉籍者极众，但得唐本原韵者却不多。江户后期市面常见的和刻本封面大多为厚质和纸，开本偏大，字体也是一望而知的日本书体，更不用说行间假名点画，以中国审美来看，说漂亮会有点勉强。这一小册却是例外，封面与内文用纸尽量选择接近宣纸质地的薄软和纸，正文虽有训点，但字体充分接近原本，不论外观还是物质形态，都称得上精致可爱。卷首有柴山老山（1788—1852）《刻浩然斋诗话序》：

> 世有嗜酒之人者，饮于花，饮于月，对良朋友而饮，并好美人而饮，游山水而饮，浮江湖而饮，喜而，怒而，忧而，乐而，未尝不饮焉，而犹未以为慊。又愿化天下之人，皆为嗜酒之人，而同饮之，是真嗜酒之人也。余嗜书，亦似焉。常致天下之奇书于左右而读之，雨夜亦读之，霜晨亦读之。……近来得武英殿聚珍版，与友人诗禅晨夕坐于闲窗之下，拂几烧香，而俱读之，俱读之而犹未足。又欲与天下同嗜之上同读之。然天下者至大矣，此书亦 大部也，不可持以同读之，则将奈之。意者此书中最可读者，《浩然斋雅谈》也；而《雅谈》之所最可读者，独在中卷《诗话》焉。因与诗禅谋，先刻其《诗话》一卷，聊欲以与天下同嗜之士同读之也。其他数种可读者，既付雕，则不日得复同读之，不亦快乎。文化癸酉冬至前一日，美浓老山菅琴撰于江左金枕寓居。

单看这篇序，可知柴山的汉文水准就算在日本汉学家里都相当普通。他本姓菅原，后改姓柴山，名琴，字冰清、太古，号老山、海棠园主，世称“柴山老山”，“菅琴”是中国风格的名字。他生于岐阜揖斐，曾游学江户，后往纪州藩担任教师，天保年间（1831—1845）回故乡，开塾授徒为生，不见诗文集传世。他是你的老熟人梁川星岩的同乡好友，序中“诗禅”即星岩，他们曾在文化八年（1811）选辑范成大、杨万里、陆游三人律诗，刊行《宋三大家律诗》。武英殿聚珍版《浩然斋雅谈》有上中下三卷，由柴山序可知，他认为当中只有中卷诗话最可读，因而此书扉页虽依原刻作“浩然斋雅谈”，但正文仅有诗话，故封面题签作“浩然斋诗话”。这种取舍在梁川星岩的跋文中有更详细的解释：

> 浩然斋雅谈三卷，宋周弁阳所选，考证经史、评论文章者为上卷，诗话为中卷，词话为下卷，各以类从焉。按，周以词人著，而治经史文章，已非本色，其说不为无谬误，故断不可取也。品骘诗词，则极有见解，各为可取。但词者，非吾人之所日用，今特刻诗话一卷，以问于世。

梁川的文章比柴山要好些，不过以我们重经史远逾诗文的传统来看，这番见解委实新鲜。当然，舍词话而取诗话，在日本也是理所当然，因为作汉诗尚且算得上江户时代文人的必修技能，填词却是极小众。跋文书者是秦星池，江户人，曾往长崎向清人胡兆新学书。胡兆新是苏州人，医生，长于书法，享和二年（1802）冬应长崎奉行之邀来日本，旅居一年有余，留下不少诊病记录。

此册卷首有“笔歌/墨舞”（白）、“吴策/之印”（白）、“吴文/英父”（白），是江户后期大阪篆刻家吴策（1798—1863）之印。吴策字元驭、成章、子方、文英，号北渚、乌舟、藻亭、鸣葭堂、习静斋等，通称肥前屋又兵卫，明遗民后裔，精于篆刻，有《北渚印存》《吴氏印谱》等传世。吴家世代经营“唐物屋”，即进口出售中国商品，是大阪有名的外贸商，因此吴策从小有机会投身学问和书法，师从筱崎小竹、前川虚舟等篆刻名家，深得关西文化名人赖山阳赏识。吴策篆风古雅，更为这小册添得中国风情。

不过，此册果真翻刻自“武英殿聚珍版”吗？武英殿聚珍版向有内聚珍与外聚珍之分，原活字本即所谓“内”，其余翻刻本即“外聚珍”，但亦以“武英殿聚珍版丛书”“武英殿聚珍版全书”等统称之。国图有武英殿聚珍版《浩然斋雅谈》，傅增湘1943年跋并录卢文弨批校；另有李慈铭批校同治间江西书局翻刻本；日本国立国会图书馆有浙江重刊武英殿聚珍版。对比之下发现，和刻本《浩然斋诗话》应该是从浙江重刊本翻刻而来，因其书体与浙江重刊本更接近，而江西书局翻刻本的书体则更近于武英殿聚珍版。比如卷中页一“步”，武英殿活字最后一撇弧度自然，江西书局翻刻本与之同，浙江重刊本这一撇起笔较重，接近竖折撇，和刻本亦如此。同页末行“已”，武英殿活字本末笔竖折钩起笔处与初笔横折不相合，江西书局翻刻本与之同，浙江重刊本竖折钩起笔处与初笔横折接近，近于“巳”，和刻本与之同。页二“真”，武英殿活字本上部作“上”，江西书局翻刻本与之同，浙江重刊本上部作“匕”，和刻本与之同。同页二“尤”，浙江重刊本与和刻本俱作“尢”。此等用例尚有许多，不一一枚举。

江户后期出版人松泽老泉（1769—1822）在《汇刻书目外集》

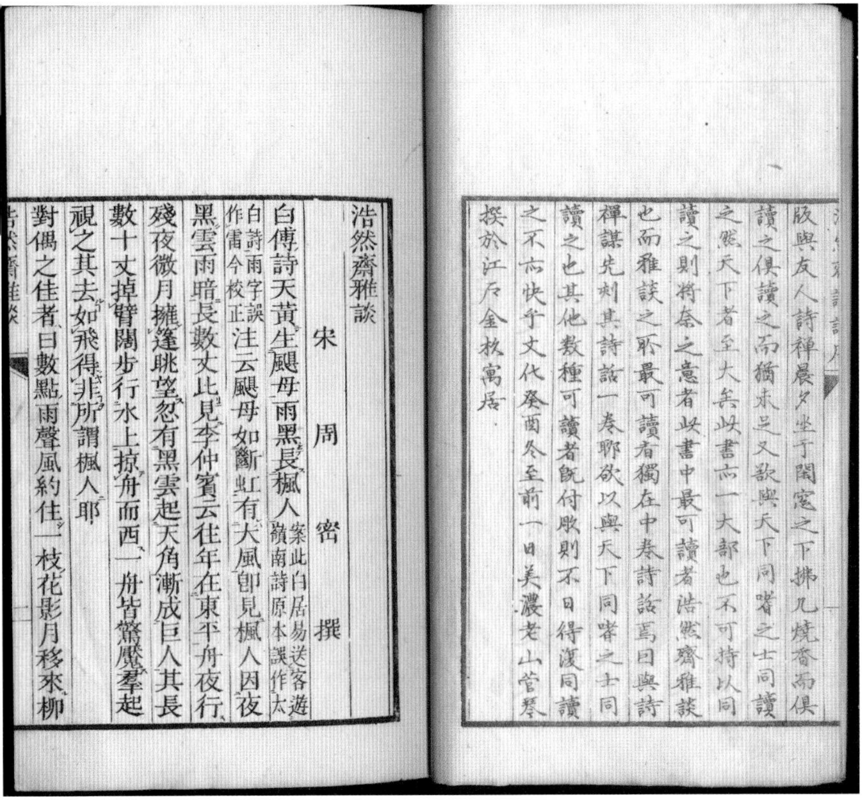

敀與友人詩禪晨夕坐于閑窓之下拂几燒香而俱讀之俱讀之而猶未足又欲與天下同嗜之士同讀之然天下者至大矣此書亦一大部也不可持以同讀之則將奈之意者此書中最可讀者浩然齋雅談也而雅談之所最可讀者獨在中卷詩話焉曰與詩禪謀先刻其詩話一卷聊欲以與天下同嗜之士同讀之也其他數種可讀者既付劂則不日得復同讀之不亦快乎文化癸酉冬至前一日美濃老山管琴撰於江戶金杉寓居

浩然齋雅談

宋 周密 撰

白傳詩天黃生颶母雨黑長楓人（案此白居易送客遊嶺南詩原本誤作太白詩雨字誤作雷今校正）注云颶母如斷虹有大風卽見楓人因夜黑雲雨暗長數丈比見李仲賓云往年在東平舟夜行殘夜微月擁篷眺望忽有黑雲起天角漸成巨人其長數十丈掉臂闊步行水上掠舟而西一舟皆驚魘群起視之其去如飛得非所謂楓人耶

對偶之佳者曰數點雨聲風約住一枝花影月移來柳

和刻本《浩然斋诗话》卷首

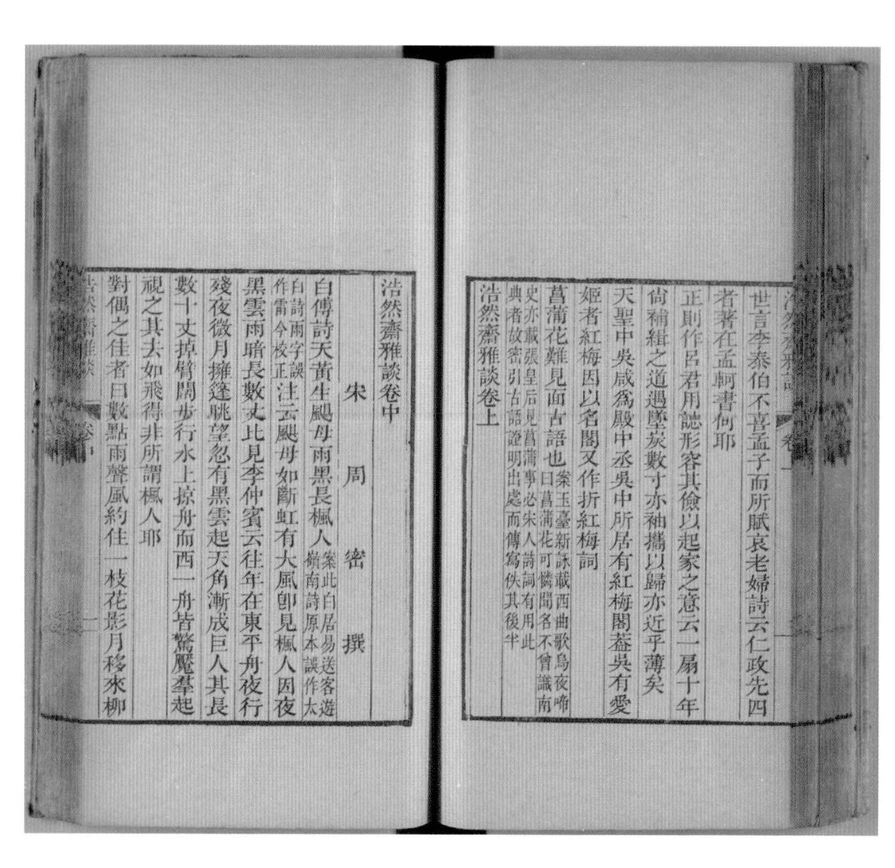
世言李泰伯不喜孟子而所賦哀老婦詩云仁政先四
者著在孟軻書何耶
正則作呂君用誌形容其儉以起家之意云一扇十年
尙補緝之道遇壁炭數寸亦袖攜以歸亦近乎薄矣
天聖中奐咸爲殿中丞奐中所居有紅梅閣蓋奐有愛
姬者紅梅因以名閣又作折紅梅詞
菖蒲花難見面古語也 案玉臺新詠載西曲歌烏夜啼曰菖蒲花可憐聞名不曾識南史亦載張皇后見菖蒲事必宋人詩詞有用此典者故密引古語證明出處而傳寫佚其後半
浩然齋雅談卷上

浩然齋雅談卷中
宋 周密 撰
白傳詩天黃生颶母雨黑長楓人 案此白居易送客遊嶺南詩原本誤作太白詩雨字誤作雷今校正
注云颶母如斷虹有大風即見楓人因夜
黑雲雨暗長數丈比見李仲賓云往年在東平舟夜行
殘夜微月擁篷眺望忽有黑雲起天角漸成巨人其長
數十丈掉臂闊步行水上掠舟而西一舟皆驚魘羣起
視之其去如飛得非所謂楓人耶
對偶之佳者曰數點雨聲風約住一枝花影月移來柳

日本国立国会图书馆藏浙江重刊武英殿聚珍版《浩然斋雅谈》卷中诗话部分

卷一《凡例》中曾指出：

> 武英殿聚珍版，凡有三通，其一系官刻，是为原本。余观《胡文恭集》，其抚印妍朗，而纸墨洁净，乃是官本，决非坊本也。其一浙江重刊巾箱本，凡四十六种，意坊间采官书以入梓者，而原汇俱失著录，唯载其一通而已。原汇所收者，百四十种本，此则南北两京坊间翻刻官本者矣。

《汇刻书目外集》收入浙江重刊武英殿聚珍版目录，有三十九种书目，其中正有《浩然斋雅谈》三卷。松泽所称“四十六种”，系将《易纬》其下的八种细目都分别算入。江户时期，浙江与长崎海舶往来频繁，浙江所刻书籍自比他处更易传入日本，是故内外聚珍之中，江户后期的学者文人较易入手的是浙江重刊本。柴山与梁川所得应是零本，未见丛书第一册卷首的“遵旨重刊武英殿聚珍版书/浙江省通行”字样，故不知此为“浙江重刊”。原本每部卷首均有总纂官、纂修官所撰解题，其下作“武英殿聚珍版”，版心下方多记校者姓名，江西书局翻刻本一仍其旧；而浙江重刊本卷首解题下作“武英殿聚珍版原本”，版心下校者姓名未予保留。

岐阜县图书馆也藏有和刻本《浩然斋诗话》，卷末有刊记，“文化十一年（1814）甲戌孟春发贩/读骚斋藏版”，其下“发兑书林”有京都植村藤右卫门、大阪泉本八兵卫、尾阳片野东四郎、江户的西村源六与英平吉。而我的小册卷末并无此页，这在和刻本中也极常见，版木所有者时常变动，后印本往往不见版权页。当然，考虑到此本曾经吴策之手，那么也是江户时代的书纸无疑了。

这两日京都已全然入夏，近山楼的碗莲已开尽，结了大大小小的莲蓬。今天下午又要去姬路上特殊讲义，打算带些清刻本、和刻本去，这册小书也在其中，作为高度接近中国趣味的一例。这封信是《念念平安》的终篇，十二年来，从闻木樨香，到风荷翩翩。期待你的姑苏消息，今后我们都是异乡人了。

松如

癸卯榴月十六

后记

自2021年夏《书问京都》面世以来，转眼又到了书信集可以成册的时候。主体是2021年夏末至2023年夏初的38通，另从旧箧中检出2011年至2013年的6通，以示“京都通信”延续已有十余年。今秋以后，嘉庐君将移籍吴下，这个在《江海晚报》连载的专栏也到了画上句号的时候。

从《京都如晤》起，就听到有读者朋友批评称，又不是真的书信，刊出来有什么意思？若非要说写在纸上、装在信封里从邮局寄出的才算书信的话，那这三册集子里收入的多数篇目都名不副实。但若不考虑物质形态，这些想念着友人与故乡而留下的文字，应算得上广义的书信。至于狭义的书信，当然也写过不少，只是恐怕要等到老了之后才可能被翻出来。那时的世界会是什么样子？

这几年已经历了世界的不少变化，在当时写的信里略有体现。时间并未过去很久，一些事仿佛远隔重山，甚至干脆避免回顾。与美和爱有关的一切，倒是愿意反复重温。

京都刚刚度过了难挨的盛夏，如今白天虽仍闷热，早晚已有凉意，窗边彻夜响着虫鸣，远山颜色悄然发生变化。这种时候，甚至怀念起夏天的酷热。那时天日最长，植物最茂盛，街中庆典最热闹。入秋后更是急管繁弦，好像马上就要准备过冬了。《京都如晤》第一通说过木樨香，眼下不久又是桂花的季节，所谓周而复始，我觉得很完满。

与《书问京都》一样，这次的书名仍出自好友孟庆媛女士的巧思，“念念平安”既是书信末的祝福语，又与“京都”双关。此番还有幸请到扬之水老师赐题、史睿老师赐序，我们从前常在北京的夏冬两季重逢，也常在知恩寺秋之古本祭和正仓院展的时节相聚。当然，要一如既往地感谢好友杜娟女士为本书付出的心血，并感谢李颖女士和黎添禹小姐细致的编辑工作。“京都通信”虽暂告段落，远方的书写却不会止歇。

枕书
癸卯瓜月廿七